龍の節義、Dr.の愛念

樹生かなめ

講談社X文庫

目次

人物紹介

橘高正宗
【きったか まさむね】
清和の養父。
眞鍋組顧問。
祐
【たすく】
眞鍋組の参謀。
安部の息子のような存在。
安部信一郎
【あべ しんいちろう】
正宗の右腕であり舎弟頭。
眞鍋組組員の信望が厚い。
橘高典子
【きったか のりこ】
清和の養母。
リキ
清和の右腕。
眞鍋の虎と呼ばれる。
橘高清和
【きったか せいわ】
眞鍋組二代目組長。
氷川の恋人。
氷川
氷川諒一
【ひかわ りょういち】
清和の恋人。
明和病院に勤める
美貌の内科医。

京介
【きょうすけ】
ホストクラブ・ジュリアスの人気ホスト。ショウの幼馴染み。
サメ
眞鍋組の諜報部隊トップ。
ショウ
清和の舎弟。
眞鍋組の特攻隊長。
吾郎
【ごろう】
清和の舎弟。
卓
【すぐる】
清和の舎弟。
箱根の旧家出身。
宇治
【うじ】
清和の舎弟。
信司
【しんじ】
清和の舎弟。
摩訶不思議の信司と呼ばれる。

イラストレーション／奈《な》良《ら》千《ち》春《はる》

龍《りゅう》の節義《せつぎ》、Dr.《ドクター》の愛念《あいねん》

1

明和《めいわ》病院の内科医として復職した初日、氷川諒一《ひかわりょういち》は担当看護師を確認した途端、血の気が引いた。

「……鈴木浩《すずきひろし》くん？」

氷川は爽《さわ》やかな二枚目の看護師が『鈴木浩』ではないと知っている。初めて会った時、彼は歌舞伎町《かぶきちょう》のホストだった。その正体は麻薬取締官《まやくとりしまりかん》だ。

「はい」

「……こ、こちらこそ、よろしくお願いします」

マトリがどうしてここにいる、何を調べているんだ、目的はなんだ、と氷川は問《と》い質《ただ》したい衝動に駆られる。

「一生懸命、頑張ります。よろしくお願いします」

鈴木浩を名乗る看護師が、胡散《うさん》くさくてたまらない。ほかの医師たちや看護師たちは全員、綺麗《きれい》に騙《だま》されている。

氷川の脳裏に『いろいろ』という言葉がふいに過《よぎ》った。

いろいろ。

いろいろとあった。本当にいろいろとあった。デカ盛りでいろいろとありすぎた。次から次へと想像さえしなかったことが、いろいろと氷川諒一の身の上に降りかかった。もう百年ぐらい生きているような気分になるほど、いろいろと経験した。

いや、名門と謳《うた》われている清水谷《しみずたに》学園大学の医学部に入学し、内科医になり、明和病院に派遣されたところまでは想定内だ。

けれど、あの再会から矢継ぎ早にいろいろと始まった。

人生において最も驚愕《きょうがく》した出来事は、弟のような存在だった可愛《かわい》い幼馴染《おさななじ》みと巡り合って、男同士でありながら愛し合ったことである。

橘高清和《きったかせいわ》、彼は氷川の命より大切な男だ。

マトリが職場に潜んでいるなど、十歳年下の幼馴染みが指定暴力団・眞鍋《まなべ》組のトップになっていたことに比べたら、どうってことはないのだろうか。清和の訃報《ふほう》が流れたことに比べたら、どうってことはないのだろうか。清和の姐《あね》候補だった京子《きょうこ》が仕掛けた怨念《おんねん》じみた抗争に比べたら、どうってことはないのだろうか。清和が元構成員の殺害容疑で連行されたことに比べたら、どうってことはないのだろうか。眞鍋組の策士によってゴージャスな監禁部屋に閉じ込められたことに比べたら、どうってことはないのだろうか。

比較すること自体、もはやどこかおかしいのだろうか。

何しろ、夢にも思わなかった現実が今、目の前にある。

麻薬取締官の松原兼世《まつばらけんせい》が明和病院の看護師の鈴木浩として目の前にいる。氷川の白皙《はくせき》の美貌《びぼう》は引《ひ》き攣《つ》ったが、ここで兼世の正体を暴くわけにはいかない。第一、朝の明和病院にそんな暇はない。

氷川は早速、外来診察を受け持った。

「氷川先生、明和に戻ってきてくれて嬉《うれ》しいわ。お待ちしていましたのよ」

以前、氷川が担当していた上品な常連患者が満面の笑みで迎えてくれる。彼女は明和病院が建つ小高い丘に広がる瀟洒《しょうしゃ》な高級住宅街の住人だ。

「ありがとうございます。お加減はいかがですか？」

氷川は内科医として質問したが、上品な常連患者は待ってましたとばかりに嫁の愚痴を零《こぼ》した。

「聞いてくださいな。嫁の作る食事が怪しいの。私の食事だけ異常に塩辛《しおから》いのよ。私に塩分をたくさん摂《と》らせて殺す気だわ」

ああ、変わっていない、これが明和だ、と氷川は診察室で嫁に対する鬱憤《うっぷん》をぶちまける常連患者に困惑を超えて感動にも似た思いを抱く。

上品な常連患者の次はでっぷりと太った不動産会社の社長だ。氷川が担当していた時より、さらに体重が増え、検査結果もすべて著《いちじる》しく悪い。

「おお、氷川先生、久しぶりです。田舎に飛ばされたと聞きましたが、無事に戻ってくることができたのですね。よかったですなぁ」

　常連患者の間でどんな噂《うわさ》が流れたのか定かではないが、氷川は自身についてはいっさい触れない。

「……お元気そうで何よりですが、検査結果を見てください。動物性たんぱく質の摂りすぎです。去年の春、栄養指導を奥様と一緒に受けられましたよね」

　松阪牛《まつさかうし》のサーロインステーキだの、フォアグラだの、鰻《うなぎ》だの、高級ワインとともに毎食のように食べていたら確実に健康を害する。どんな権力を持っていても、美食のツケは払わなければならない。カルテを見れば去年の春、氷川は問答無用で栄養指導を受けさせていたが、まったく改めていないのだろうか。

「氷川先生、そうだから和歌山《わかやま》の僻地《へきち》に左遷《させん》されるんですよ。明和から田舎の病院なんて左遷でしょう。もっと患者の気持ちを汲《く》んでください」

　やれやれ、と不動産会社の社長は呆《あき》れたように肩を竦《すく》める。彼は近所の高級住宅街で生まれ育ち、莫大《ばくだい》な財産と会社を父親から相続した生粋のお坊ちゃまだ。特権を当然として生きてきた社長の辞書に、食事制限の文字はない。食事制限を求める氷川は悪だ。

　ああ、これだ、これが明和病院だ、飲み食いに命をかける明和病院の患者だ、と氷川の胸は懐《なつ》かしさでいっぱいになった。こういった類いの患者はひとりやふたりではない。

「患者さんの身体《からだ》を考えているから注意します。松阪牛や但馬牛《たじまうし》の霜降り肉とフォアグラは禁じていたはずです」

「ですから、こうやって身体のメンテナンスをお願いしているのです。好きなものを美味《おい》しく食べることが一番だと、竹中《たけなか》先生は言っていましたよ」

氷川は騙し討ちのような形で、明和病院から和歌山の山奥の総合病院に回された。人手不足の総合病院から戻れず、予期せぬトラブルも起こって大変だった。やっと東京に戻った時には、氷川の後任者である若手内科医の竹中の評判が上々で、もはや明和病院に氷川の居場所はなかった。

北海道《ほっかいどう》の僻地《へきち》の病院に派遣されそうになり、挙げ句の果ては清和に豪華絢爛《ごうかけんらん》な監禁部屋に閉じ込められた。

さんざんだった。

どうなることかと思った。

眞鍋組で最も汚いシナリオを書く祐《たすく》の二代目姐包囲網は熾烈《しれつ》だった。ひょんなことで監禁部屋から逃げだすことができ、清和の義母《はは》に庇護《ひご》を求めたのだ。予想通り、清和の義母は助けてくれた。

そうこうしているうちに、竹中による薬の横流しが発覚し、急遽《きゅうきょ》、氷川に白羽の矢が立った。それゆえ、今日、外来診察を受け持っている。

そして今、どうして、竹中の評判がよかったのかわかった。食事制限が必要な患者に、食事の指導をしなかったのだ。

「好きなものを美味しく食べた結果を見てください。そのうち、糖尿病です。腎臓病《じんぞうびょう》の可能性も高い。人工透析は回避していただきたいと思っています」

「相変わらず、話のわからない先生だ。何度も言わせないでください。なんのために、身体のメンテナンスをお任せしているのですか」

明和病院における典型的な常連患者だ。懐かしい、と浸っている場合ではない。氷川は感情を込めず、人の命を預かる医師として接した。

「ご自分の身体のメンテナンスはご自分にしかできません」

「氷川先生をドクハラで訴えたくありません。また田舎の病院に飛ばされたくないでしょう。次は帰ってこられませんよ」

ドクハラ、ドクターハラスメントか、これでドクハラだと騒ぐのか、これが明和だ、これぞ明和、ごねる明和、と氷川は呆れるのを通り越して感心する。世間がどれだけ変わろうとも、明和病院は変わらない。

こんな暴言ぐらいで腹を立てていたら、明和病院の医師は務まらない。氷川は心の中で医師としての使命感を燃《も》え滾《たぎ》らせた。

目まぐるしい外来診察を終えた時、氷川は妙な達成感に包まれていた。久しぶりの感覚だ。

「……けんせ……じゃない、鈴木くん、お昼を一緒にいかがですか」

氷川は医局で遅い昼食を摂るつもりだったが、担当看護師である兼世を誘って食堂に向かう。

時間帯的に、食堂の客はまばらで、窓際のテーブルには外来患者が一組いるだけだ。

「氷川先生、戻ってきてくれてよかった」

顔馴染《かおなじ》みの責任者は、サービスでコーヒーとクッキーもつけてくれる。氷川と兼世はトレーを手に、奥にあるテーブルに進んだ。この場所ならばある程度、声を出しても大丈夫だろう。

まず、兼世の真意を確かめたい。

「兼世くん、どういうこと?」

氷川が割り箸《わばし》を割りながら聞くと、兼世は爽やかな笑顔を浮かべた。

「おいおい、姐さん、どこで誰が聞いているかわからねぇだろ。俺のことは『鈴木くん』で頼むぜ。俺も『姐さん』とは呼ばねぇから」

初めて兼世と会った時、彼は眞鍋組と何かと縁のあるホストクラブ・ジュリアスの新人ホストだった。軽薄なホストの典型で、先輩ホストと一緒に歌って踊って、店を盛り上げていたものだ。清和が破門した朝比奈《あさひな》の麻薬ルートを極秘に捜査していたと知った時は、氷川のみならず眞鍋組関係者も驚いた。

「……じゃ、鈴木くん、どういうこと？」

氷川が承諾したとばかりに頷《うなず》くと、兼世はムードも口調も変えた。

「見ての通り、看護師です」

本来の兼世は派手なタイプの二枚目だが、看護師姿だとやけに清々《すがすが》しい。ホスト時代の軽薄なムードは微塵《みじん》もなかった。

もっとも、氷川は兼世の素性を知っているから白々しくてたまらない。まったくもって、一筋縄ではいかない男だ。

「そういうことを聞いていているんじゃない、ってわかっているでしょう。マトリがどうして潜り込んでいる？　明和の誰かが麻薬の売買に手を染めているとでも？」

「氷川先生の前任者、正確には後任者のドクター竹中」

兼世はさりげなく言ってから、付け合わせのおからのサラダを口にした。

「……薬の横流しの竹中先生？」

「そうです」

「なら、もう終わったことでしょう。さっさと出ていきなさい。明日から出てこなくてよろしい」

氷川が目を据わらせると、兼世は青い海を連想させるように清々しく笑った。

「それは社会人として許されません」

「今さら何を言っている……」

氷川はそこまで言いかけて、はっ、と我に返った。ホストは資格がなくてもいいが、看護師には資格がいる。つい先ほど、氷川の指示により、兼世は看護師として外来患者の注射や点滴をした。針を刺すのが上手《うま》く、氷川は感心したのだが。

「……君、看護師の資格は?」

今さらだが、せわしない外来診察と久しぶりのモンスター患者で肝心なことがすっぽり抜け落ちていた。一週間前から勤務しているというが、爽やかなルックスと快闊《かいかつ》な会話術で女性スタッフだけでなく患者の評判もいい。

「持っています」

「……え? 持っている?」

「はい、看護師の資格も船やヘリの免許も持っているから安心してください。ただ、医師免許は持っていません」

兼世は小鉢に手を添えたまま、歌うように言った。底が知れない男だと、氷川は改めて認識する。

「……じゃあ、その問題はクリア。次の問題……最大の問題かな。いつ、鈴木くんは退職する？」

さっさと辞めろ、と氷川はテーブルをつつく指で伝える。

「俺、優秀だと思うけど？」

役に立つだろ、と兼世は目で自信たっぷりに反論した。

「君は文句のつけようがない看護師です。それは認めますが、一日も早く退職してほしい。理由は説明しなくてもわかるでしょう」

豆腐のコロッケを半分食べた時点で、食堂には外来患者に扮《ふん》した眞鍋組関係者が押しかけている。窓際のテーブルで天麩羅蕎麦《てんぷらそば》を食べているのは影の実動部隊に所属しているメンバーだし、出入り口付近のテーブルで親子丼《おやこどん》を食べているのは清和の舎弟である卓《すぐる》だ。若いスタッフに食券を渡している青年や、カツ丼定食のトレーを運んでいる青年も、眞鍋組の関係者である。

たぶん、これからまだまだ増えるだろう。

「氷川先生こそ復職しないでほしかった。愛の巣でノーパンで過ごしてほしかったぜ。パンツなんて穿《は》かないでくれ」

兼世はゴージャスな監禁部屋に閉じ込められていた氷川を知っている。

「……な、何を言っているんだ」

ある日突然、ゴージャスな監禁部屋から氷川の下着が消えた。一枚もなくなったのだ。いったい誰がなんのために下着を一枚残らず盗んだのか。混乱するあまり、愛《いと》しい男を下着泥棒だと間違えてしまった。

清和は下着泥棒ではない。

ただ、氷川が下着を身につけなければ機嫌はよかった。清和に忠誠を誓う男の手によって、監禁部屋から氷川の下着が消えたのだ。

氷川は二度と下着の重要性を考えたくない。

「今日はパンツを穿いているのか？」

「僕のパンツより、諏訪《すわ》先輩のパンツを確認しなさい」

兼世の意中の相手は、厚生労働省のキャリア官僚である諏訪広睦《ひろちか》だ。彼は高等部まで清水谷学園に通い、一応、氷川の先輩に当たる。

「厚生労働省一の美人は俺の前でパンツを脱いでくれねぇ。ひでぇよな」

『清水谷の誇り』と称《たた》えられた品行方正な優等生は、何をどう勘違いしたのか、氷川が清和に脅迫され、愛人関係を結んでいると思い込んだ。そして、兼世を使って乗り込んできた。氷川がどんなに説明しても理解してもらえず、途方に暮れたものだ。おそらく、諏訪は根本的に愛というものが理解できないのだろう。男同士だからなおさらだ。

「ここをさっさと辞めて、諏訪先輩のパンツを脱がせることに専念しなさい」

氷川の言葉を諏訪を崇拝する同級生が聞いたら卒倒するだろう。清水谷学園の卒業生たちから吊《つ》るし上《あ》げを食らうかもしれない。

「俺だって脱がしたい」

「殴ってでもいいから脱がせなさい」

暴力は嫌いだし、断固として反対するが、諏訪については思うところが多々ある。知《し》らず識《し》らずのうちに、氷川の感情が昂《たか》ぶった。

「殴ったら殴り返される自信がある」

諏訪が文武両道であることは周知の事実だ。

「薬で眠らせたら?」

「綺麗な顔をしてすげぇな」

兼世は喉《のど》の奥だけで笑うと、声のトーンを落として続けた。

「……ん、じゃ、とりあえず、俺は龍《りゅう》クンと揉《も》める気はない」

諏訪広睦に手を出さないように清和に釘《くぎ》を刺してくれ、と兼世は真剣な目で語っている。

氷川の命より大事な男の背中には昇り龍の刺青《いれずみ》があり、極道界における通り名は『眞鍋の昇り龍』だ。

「君は清和くんを挑発している……ようなものだ。竹中先生のことならもう罪は暴かれた。君が明和にいる必要はない」

　明日から来るな、と氷川は鮭《さけ》の西京《さいきょう》漬《づ》けに箸を伸ばしながら強い語気で続けた。清和が兼世に神経を尖《とが》らせていることは間違いない。

「実はもう一件、絡んでいる」

「まだ何かあるのか？」

「釣れるか、釣れないか、わからねぇが、釣りたい」

　兼世はわけがわからない男だが、麻薬撲滅にかける気持ちは本物だ。それだけは氷川も信頼している。

「……ま、まさか、明和病院の誰かが麻薬中毒者？」

　医者にしろ看護師にしろ、見た目よりずっと激務だ。勤務時間は不規則だし、必然的に睡眠時間も狂う。睡眠薬を服用している医療従事者は多い。心身ともに疲弊し、縋《すが》るように麻薬に手を出してしまう医療従事者は意外なくらい存在する。……と、真《まこと》しやかに囁《ささや》かれていた。

「氷川先生も気をつけてくれ」

「僕をみくびらないでほしい」

　氷川が意志の強さが光る目で言うと、兼世は寂しそうに口元を緩めた。

「ビタミン注射だと言われて打ったらシャブだった、ダイエットにいい薬だと聞いていたけどシャブだった、使い古された罠《わな》にハマる被害者は減るどころか増えている」

本人の意思とは裏腹に、騙されて覚醒剤《かくせいざい》を打たれるケースは珍しくはない。ビタミン剤や栄養剤、花粉症対策など、覚醒剤の売人たちは嘘《うそ》を嘘で塗り固めて覚醒剤中毒者を作り上げるのだ。

「許せない」

「清水谷の医学部出身で、明和の医者なら信用があるからいくらでも騙せる」

一瞬、兼世が何を言ったのかわからず、氷川は怪訝《けげん》な顔で聞き返した。

「……え？」

「医者って一口に言っても掃いて捨てるほど転がっているけどさ。難関中の難関を突破してビッグネームの病院に派遣された医者となれば、それだけで信用度が上がる。単なるビタミン剤が肝炎の薬になるぐらいの信用度だ」

回りくどい言い回しだが、氷川には理解できた。清水谷大学医学部の名誉教授が推薦すれば、単なる白い小麦粉でも胃潰瘍《いかいよう》の特効薬になるのだ。

「……清水谷出身で明和の医者が覚醒剤売買に関与しているとでも？」

氷川が知る限り、明和病院に勤務する医師は誠実に人の命と向き合っている。女癖の悪い医師は呆れるぐらい多いが、仕事に関しては文句のつけようがないはずだ。

「まだわからねぇ。ただ限りなく、クロに近いグレー」

「誰だ？」

　氷川が箸を持ったまま勢い込むと、兼世は悔しそうに答えた。

「竹中だと思ったら違った」

「……じゃあ、たぶん、明和にはいない」

「明和のドクターが狙《ねら》われていることは確かだ。お坊ちゃまドクターじゃなくて、金がほしいドクターに狙いを定めている」

「何を摑《つか》んでいるんだ？」

「氷川先生は金持ちのお坊ちゃまドクターじゃない。氷川家とも縁が切れている。狙われる可能性はある」

　気をつけてくれ、と兼世は独り言のように呟《つぶや》いてから、タルタルソースがたっぷりかかったチキン南蛮《なんばん》を咀嚼《そしゃく》した。

「摑んでいることを教えなさい」

「氷川先生を食事に誘ったり、飲みに誘ったり、女を紹介しようとしたり、なんらかの理由で近づこうとする奴《やつ》に注意してくれ」

「プライベートでつきあう暇はない。みんな、忙しい」

「スタッフじゃないかもしれねぇ。患者かもしれねぇし、患者の家族かもしれねぇし、製薬会社のスタッフかもしれねぇし、お役人かもしれねぇ」

「だから、知っていることをさっさと言いなさい」

氷川は荒い口調で言い切ってから、勢いよくたくあんを嚙《か》んだ。ポリポリポリッ、とたくあんではなく、兼世に嚙みつきたい気分だ。

「俺も霧の中。さっぱりわからねぇんだ」

「……嘘つき。君は何か知っている」

氷川が挑むような目で睨《にら》むと、兼世は箸でチキン南蛮をつまんだまま苦笑を漏らした。

「マジに霧の中だぜ」

「君は清和くんが麻薬ルートの黒幕だと疑っていた。今回も清和くんが黒幕で僕が何かしていると疑っている」

清和は眞鍋組の金看板を背負った時、覚醒剤の売買を禁止した。それなのに、元構成員の朝比奈は禁止された覚醒剤の売買を続けたのだ。破門にした後も従弟《いとこ》を使って眞鍋組や隣接する桐嶋《きりしま》組のシマで巧妙に売りさばいた。俗に『朝比奈ルート』と呼ばれているが、見逃せない覚醒剤の量だったという。清和が朝比奈ルートの黒幕だと疑われた所以《ゆえん》だ。

「……騙せねぇか」

兼世が食えない男の素顔を出し、不敵に口元を緩める。

「やっぱり、僕と清和くんを疑っている?」

諏訪は清廉潔白なだけに、氷川が眞鍋組の二代目組長に脅《おど》され、呪縛《じゅばく》されていると誤解した。

しかし、兼世のみならずそういった者たちの目から見れば、氷川は堕落した医師かもしれない。事実、次期警視総監の最有力候補と目されている二階堂正道《にかいどうまさみち》には『ヤクザの情婦』と言われたことがあった。

「以前は姐さんを疑っていたけど、もう疑っていない。疑う余地もないほど、眞鍋の二代目姐の核弾頭ぶりがすげぇ」

疑った俺が馬鹿《ばか》だった、と兼世は真顔で自分の見当違いを反省している。心なしか、周りの空気もざわざわとざわめいた。

「どういうこと？」

「核弾頭にパンツを脱がせる龍クンはすげぇよ」

「……っ……パンツに戻らないでほしい、パンツに」

氷川は話題を変えようとする兼世に抵抗した。

「俺、夢にまで出るんだ。厚生労働省一の美人がパンツを脱ぐところ」

兼世は切なそうに言った後、大きな溜《た》め息《いき》を漏らした。夢の中でしか、想《おも》い人《びと》に相手にしてもらえない男の悲哀が発散される。

どこまでが真実でどこまでが嘘か、兼世については見当もつかないが、麻薬撲滅と諏訪にかける想いだけは本物だ。

……本気で諏訪に焦《こ》がれていると踏んでいるのだが。

「俺が温泉に誘っても無駄だ。氷川先生が誘ってくれたらＯＫかもしれねぇ」

「諏訪先輩と一緒に温泉に入ったら、温泉が凍るかもしれない。どうして、あんなにカチコチの石頭なんだろう」

頑固一徹な医者や学者を氷川は何人も知っているが、諏訪は群を抜いている。優秀な頭脳に秀麗な容姿に名門の出自、ありとあらゆる恩恵を受けすぎた弊害なのかもしれない。

「オヤジさんも祖父《じい》さんも代々、カチコチの石頭らしいぜ。諏訪家の血だ」

「諏訪先輩とどこで知り合った？」

氷川は空になった茶碗《ちゃわん》をトレーに置きつつ、さりげなく聞きだそうとした。なんだかんだ言いつつ、兼世と諏訪はセットに思えるからだ。

「仕事でドジを踏んだ時に助けてもらった。痺《しび》れる出逢《であ》いだったぜ」

兼世はどこか遠い目でサービスのコーヒーを飲み干す。嘘をついているようには見えないが、兼世が兼世だけにわからない。

「どんなドジ？」

「潜入捜査がバレて殺されかけた」

「どこに潜入していた？」

「厚生労働省」

「……嘘つき。本気で聞いた僕が馬鹿なのか？」

氷川が日本人形のような顔を歪《ゆが》めた時、呼びだしの携帯電話が鳴り響いた。担当している入院患者の容態が急変したのだ。

もはや、兼世に構ってはいられない。

氷川は即座に人の命を預かる医師に戻り、眞鍋組関係者が押し寄せた食堂を後にした。

卓がさりげなく追ってくるが無視する。

病棟にも眞鍋組関係者が見舞いのふりをして潜んでいたが、氷川は意に介さず、医師として過ごした。

たとえ、どんなに眞鍋組関係者が現れても動じない。もっと言えば、そんな暇がない。何しろ、復職した当日に当直だ。

氷川は久しぶりに当直室で救急車のサイレンに起こされることになった。自分自身、ブランクは感じない。まさしく、ホームに帰った心境だ。

「……殺される……殺される……とうとう私は殺される……」

救急車で搬送されてきた患者は、厚生労働省に勤める役人だった。妻の実家で急激な胃痛に襲われたという。

「落ち着いてください」

いったい何に怯《おび》えているのか、氷川は困惑したものの態度には出さない。付き添いの妻は辛《つら》そうに顔を歪めていた。

「……先生、私は毒物を盛られたのですね？」

患者は毒殺されるような覚えがあるのだろうか。氷川は面食らったものの、事務的に流すしかない。

「今のところ、毒物を盛られた可能性は見当たりません」

「誤魔化さないでください。毒を盛られたはずです」

「心当たりがあるのですか？」

「……殺される……とうとう殺される……助けてください……痛い……痛い……キリキリする……痛い……」

だいぶ精神的に追い詰められているようだが、救急では処置にも限りがある。患者本人の希望もあり、入院の手続きを取った。

息を吐《つ》く間もなく、新たな救急車のサイレンが聞こえてくる。氷川はふたりめの救急患者を迎え入れた。

2

当直だったからといって、日常業務が免除されるわけではない。氷川《ひかわ》は当直明けにも拘《かかわ》らず、外来診察でごねる患者と接した。

本日の担当看護師も兼世《けんせい》だ。よく気が回るし機敏だし、患者の相手も上手《うま》いから、氷川としてはとても助かる。

「ここのお兄ちゃんの看護師さんが一番優しいわ」

早くも、兼世は女性の常連患者の中でナンバーワンの人気を博している。非の打ちどころのない看護師だからこそ、氷川はなんとも複雑な気持ちだ。

「氷川先生、長いバカンスでしたわね。世界一周のクルーズでも楽しんでいらしたの？」

氷川が楽しい休暇を過ごしたと思い込んでいる常連患者も多い。本人が常に優雅な日々を送っているからだろう。

「世界一周のクルーズは退職後の楽しみに取っておきます」

定年退職後、清和《せいわ》と一緒に世界一周の船旅に出るのもいい。その時、清和が眞鍋《まなべ》組の金看板を下ろしていたら最高だ。裕福な常連患者を前に、氷川は自分と清和の老後を瞼《まぶた》の裏に浮かべた。

けれど、伴侶《はんりょ》は十歳も若い。自分が老いてもまだ若い。埋めることのできない歳《とし》の差がじわじわと不安になってぶり返す。

もっとも、今さらだ。

「厚生労働省に勤めている娘婿《むすめむこ》と同じことを仰《おっしゃ》るのね。毎日、残業が多くて、休暇が取れないいんですって」

「職種にもよると思いますが、お忙しいと思いますよ」

「娘婿は日本で一番難しい大学を卒業して、一番難しい国家試験にパスしたキャリア官僚ですのよ。それなのに、残業も多いし、休暇も取れないし、年収も低いの。娘も嘆いていますわ」

思うままにならない娘婿と離婚させたい、という常連患者の我がままな感情が透けて見える。明和《めいわ》病院の近くにある高級住宅街の住人には、こういうタイプが少なくない。

「娘婿さんは国家を担《にな》うお仕事をされています。支えてあげてください」

「お仕事ばかりで冷たいのよ。人としての情がないの」

自分の言いなりになれば優しい人、自分の言いなりにならない人が冷たい人、に分類される。まったくもって理不尽だ。

「娘さんのために頑張っているんですよ」

「氷川先生は娘婿の冷たさを知らないから……」

常連患者の娘婿に対する愚痴がさらに続くが、兼世が上手く宥《なだ》めて終わらせる。表彰したくなるぐらい頼りになる看護師だ。彼がマトリでさえなければ。

内科医として外来診察をこなし、医局で遅い昼食を摂《と》る。依然として、医師たちの話題の中心は若い女性だ。

この中に覚醒剤《かくせいざい》に手を出している医者がいるとは思えない、と氷川は惣菜《そうざい》パンを齧《かじ》りながら女好きの医師たちを眺める。

「氷川先生、本当のことを教えてくれ。和歌山《わかやま》の女性はどうだった？」

女好きの代名詞と化している外科部長が、性懲りもなく女性の話題を振ってくる。周囲の医師たちの視線も氷川に集中した。

「その話はまたいずれ」

「南棟の三階に美人看護師が入ったよ。氷川先生もきっと気に入ると思う。紹介するから一緒に飲みに行こう」

兼世ならば外科部長の誘いに麻薬の匂《にお》いを感じたかもしれないが、氷川には用済みの女性処理の匂いしか感じられなかった。

「外科部長が飽きた看護師さんですね。僕に押しつけるのはやめてください」

氷川は三十歳になったが、医者の世界ではまだまだ若手だ。外科部長から見れば、半人前の内科医である。

「氷川先生、性格が変わったたか？　前はそんなきつくなかったはずだよ？」

「僕にもいろいろとありましたから」

「……うん、まぁ、そうだろうな。いろいろと悪い噂《うわさ》しかない病院だったから」

明和病院は俗に『清水谷系《しみずたに》』と呼ばれているが、院長を筆頭に清水谷学園大学の医学部を卒業した医者で占められている。氷川にしろ外科部長にしろ、清水谷学園大学の医局に所属し、明和病院に派遣されている立場だ。それゆえ、派遣先の噂は女性の話と同じぐらい話題に上る。

「僕にしてみれば竹中《たけなか》先生の薬の横流しにびっくりしました。まさか、明和でそんなことが……」

氷川の言葉が終わるのを待てないとばかり、外科部長が怒り心頭といった風情で遮った。

「そんなの、俺たちだって驚いた。全然、気づかなかった」

外科部長の言葉に同意するように、周りの医師たちも大きく頷《うなず》いた。誰にとっても予想だにしなかった事件らしい。

「……そういや、竹中先生は饗庭《あえば》クリニックでバイトしていたな」

若手外科医の深津《ふかつ》が、竹中の密《ひそ》かなバイトについて言及した。

生活のため、病院を掛け持ちする若手医師は珍しくはない。ただ、明和病院の内科医なら、そんなに苦しくはないはずだ。

「饗庭クリニック?」

氷川は聞き覚えのない病院名に、綺麗《きれい》な目を見開いた。

「アエバ製薬の饗庭社長が出資したクリニックだ。月に一度か、二度か、それくらいのバイトだったみたいだぜ。メシも酒も女もついていたらしい」

実は俺もアエバ製薬の社長に誘われたことがある、と深津はなんでもないことのようにサラリと明かした。

「アエバ製薬の社長がオーナーのクリニックですか? 内科と外科ですか?」

「内科や神経内科の看板は出しているが、実際、美容系の自費診療のクリニックだ。医師の仕事は美人看護師にニンニク注射やオーダーメイド点滴を打たせることだけらしいぜ」

昨今、医療施設は多様化しているが、癌予防《がんよぼう》や美容系の自費診療は突出している。高濃度ビタミンC点滴やプラセンタ点滴は言わずもがな、患者ひとりひとりに点滴やサプリメントを調合したり、保険適用外の検査を実施したり、NK細胞を活性化させたり、さまざまだ。

「……ああ、そういうクリニックですか」

そっちには胡散《うさん》くさいクリニックが多い、というのは医者の世界では暗黙の了解だ。新興宗教で壺《つぼ》を売るのと一緒、と揶揄《やゆ》した医師もいた。

「割のいいバイトだったみたいだ。俺も時間さえあれば、饗庭クリニックで壺を売っていたかもしれねぇ」

「饗庭クリニックはそんなに危険な病院ですか？」

「知らねぇけど、待遇がいいのは確かだ。饗庭社長の差し入れの特注弁当は別格だぜ。あの弁当の礼なら一度ぐらいやってもいいかな」

深津が饗庭社長の差し入れに触れると、周囲の医師たちからどよめきが起こった。医者も認める絶品弁当のようだ。

「深津先生にそんな時間はありませんね」

氷川が苦笑を漏らすと、深津もコクリと頷いた。

「氷川先生にもないと思うぜ」

「竹中先生にもそんな時間はなかったと思いますが……」

明和病院の氷川の仕事を、竹中はそのまま引き継いだ。饗庭クリニックで診察できる余裕があったとは思えない。自費診療が大半のクリニックでは可能なのだろうか。

「そんなことより、氷川先生、和歌山について詳しく教えてくれ。俺の同期が和歌山の違う山奥に回されそうなんだ」

「友人や知人が遊びに来ましたが、和歌山ラーメンを絶賛していました」

和歌山の山奥は不便極まりなかったが、優しい人情があふれていた。第二の故郷を悪く言う気はさらさらない。

遅い昼食の後、内科医長と今後について詳しく話し合う。

夕方の回診を終えた後、無人のロッカールームで白衣を脱いだ。送迎係のショウにメールを入れてから、ロッカールームを出る。

同じだ、と氷川は息を吐いた。

呆《あき》れるぐらい以前となんら変わらない。もうずっと明和病院で勤務していたような気分だ。

和歌山の山奥の総合病院で奮闘したことも、氷川が清和を捨てたと誤解されて二代目姐《あね》の座を狙《ねら》う美女たちの熾《し》烈《れつ》な戦いが勃発《ぼっぱつ》したことも、二代目姐の座争奪戦を鎮めるために清和とふたりきりで伊《い》勢《せ》旅行に行ったことも、清和を諦《あきら》めきれない櫛橋《くしはし》組の組長の愛娘《まなむすめ》に狙われたことも、清和が伊勢で警察に連行されたことも、ゴージャスな監禁部屋に閉じ込められたことも、諏《す》訪《わ》に厚生労働省に連れていかれたことも、すべて夢だったような気がする。

明和病院のスタッフ専用出入り口から出て、待ち合わせ場所に進む。豊かな緑に囲まれ、付近には待ち合わせ場所になるちょっとした空き地が点在していた。

どこで何をしていたのか不明だが、氷川送迎用の黒塗りのメルセデス・ベンツが新緑の間に停《と》まっている。ヤンキーファッションに身を包んだショウが待ち構えていた。

「姐さん、お疲れ様です」

ショウは氷川のために後部座席のドアを開けた。命を捧《ささ》げた二代目姐が無事に戻り、ほっとしているようだ。

「ショウくん、ありがとう」

氷川は礼を言ってから、広々とした後部座席に腰を下ろす。座り心地も以前のままだ。

ショウは素早い動作で運転席に座ると、ひと声かけてからアクセルを踏む。地面には小石がいくつも転がっているが、眞鍋組随一の運転技術を誇る男の発車は惚《ほ》れ惚《ぼ》れするほどスムーズだ。

「姐さん、いきなり当直なんて大丈夫っスか？」

ショウは速度を上げつつ、心配そうに尋ねてくる。外見とは裏腹に二代目姐に最高の礼儀を払う男だ。

「僕は平気」

「不景気だっていうのに病院は繁盛しているっス」

「赤字の病院も多いけどね」

「駐車場にはリンカーンにベントレーにキャデラックにアストンマーティンにベンツにシトロエンにフィアットにランボルギーニに……馬鹿高《ばかだか》い車がゴロゴロ」

ショウがハンドルを操る車はあっという間に、高級住宅街が広がる小高い丘を下りた。

不審車に追跡されている気配はない。

「ショウくん、もう一度確認するけど、行き先は眞鍋組のシマじゃないね。僕の実家だよ」

トントン、と氷川は威嚇《いかく》するように運転席の背もたれを突《つつ》いた。何しろ、眞鍋組は一枚岩となって氷川を籠《かご》の鳥にしようとしている。

「姐さんの実家じゃなくて二代目の実家っス」

氷川が救いを求めたのは、清和の義母《はは》である橘高典子《きったかのりこ》だ。眞鍋組の顧問である橘高正宗《まさむね》の妻であり、ほかの構成員たちにも影響力が大きい。まずもって、眞鍋の男は典子に逆らえないのだ。

「僕の実家だ。典子さんと息子が待っているから、ちゃんと送ってほしい」

今回、氷川には裕也《ゆうや》という可愛《かわい》い息子ができた。橘高家で引き取られ、養育されているやんちゃ坊主だ。

「姐さん、そろそろ眞鍋のシマに帰りませんか？」

「あの監禁部屋は二度といやだ」

「魔女が怖いんで帰ってきてください」

魔女、とショウが口にした途端、車内にはピリピリッ、とした空気が流れた。ほかでもない、口にしたショウから発された恐怖だ。

「魔女？　祐《たすく》くん？　僕も祐くんには怒っているから」

祐は眞鍋組になくてはならない参謀だし、清和に忠誠を誓う男だが、いかんせん、いろいろな意味で恐ろしい。すでに眞鍋組関係者だけでなく、不夜城においても『魔女』と呼ばれ、恐怖の対象と化している。

氷川を『核弾頭』と称して、死角のない『二代目姐包囲網』を作り上げたのも魔女だ。

「二代目もイライラして怖いから帰ってきてください」

清和がどれだけ苛立《いらだ》っているか、氷川もちゃんと把握している。けれども、それとこれとは話がべつだ。

「監禁しないと約束してくれたら帰る」

典子は清和や祐を抑え込んでくれたが、いつまでもつか。祐の魔女ぶりには参っただけに、そう簡単に清和が支配する街には帰ることができない。

「魔女と交渉してください」

案の定、二代目姐に関して決定権を握っているのは祐だ。ひょっとしたら、さらなる完《かん》璧《ぺき》な監禁部屋を用意しているかもしれない。それこそ、明日から明和病院に通えなくなるかもしれない。無断欠勤が続けば問答無用で終わりだ。

「魔女……本当に祐くんは魔女だ……うちの可愛い息子を毒牙《どくが》にかけて……」

可愛い息子の裕也はこともあろうに、祐を嫁にすると宣言した。氷川自身、十歳年下の同性の幼馴染《おさななじ》みに求愛されたから笑っていられない。

「……あ、姐さん？」

ヒクッ、とショウの喉《のど》が鳴る。

「魔女は裕也くんをどうする気？」

今の氷川には一人息子を嫁に奪われた姑《しゅうとめ》の気持ちが痛いぐらいわかる。嫁の食事に大量の塩をふりかけたい気分だ。

「……い、いくら魔女でもあんなガキを……」

「僕は十歳年下の清和くんとこうなるなんて夢にも思っていなかった。僕が清和くんと初めて会った時、まだおむつをしていたんだよ」

氷川の脳裏には青いベビー服に包まれていた清和の姿がこびりついている。どこもかしこもぽちゃぽちゃして、本当に可愛くてたまらなかった。

必然的に可愛い清和が可愛い裕也に重なる。

祐のヤクザとは思えない秀麗な容姿が恨めしい。おそらく、裕也が雄々しく成長した頃、魔女は若さと美貌《びぼう》を保っているはずだ。

「……あ、聞いているっス」

魔女の恐怖もなんのその、ショウは泣く子も黙る眞鍋の昇《のぼ》り龍《りゅう》のおむつ話を聞いた瞬間、ぷっ、とふきだしてしまう。

「まだ満足に喋《しゃべ》ることもできなかった。『ちゃっちゃっちゃっちゃ』しか言えなかったのに……いつの間にかあんなに大きくなって……」

膝《ひざ》でアイスクリームを食べていた小さな幼馴染みが、屈強な男たちを従える美丈夫に成長していた。予期せぬ再会を果たしたのは、明和病院の外来診察室である。眞鍋組の構成員が明和病院の医師の医療ミスのせいで亡《な》くなった、と乗り込んできたのだ。忘れようにも忘れられない再会だ。

「裕也はオヤジにそっくり、デカくなると思うっス」

裕也の実父は清和の兄にも等しい存在であり、松本力也《まつもとりきや》という眞鍋組の構成員だったが、剣道で有名な高徳護国流《たかとくごこく》の次男坊を庇《かば》って亡くなった。以来、高徳護国流の次男坊は松本力也ことリキを名乗り、清和の右腕として仕えている。

清和にとってもリキにとっても眞鍋組関係者にとっても、裕也はかけがえのない大切な子供だ。

「可愛い裕也くんが魔女に引っかかって……魔女に人生を狂わされたら……やっぱり、黙っていられない。今夜は裕也くんにこんこんと言い聞かせないと……」

何がなんでも裕也には幸せになってほしい。何しろ、裕也の母親の死には清和の姐として迎えられた氷川も関係しているから。

「自分のことを棚に上げるな、って魔女が笑っていたっス」

ふっ、とショウは鼻でせせら笑った。素が出たのだ。

「ショウくん、何か言った？」

「……やべっ」

「僕は魔女じゃない。清和くんを釜《かま》で茹《ゆ》でて食べたりしない」

橘高家に到着するまで、氷川は可愛い裕也の将来への不安をたらたらと連ねた。祐が祐だけに心配でならないのだ。


氷川を乗せた黒塗りのメルセデスは、夜の帳《とばり》に覆われた橘高家に着いた。周囲は閑静な住宅街であり、暴力団関係者の家は一軒もないという。

ショウによって後部座席のドアが開き、氷川は静かに降りた。橘高家の明かりは煌々《こうこう》とついている。

「ショウくん、ありがとう」

氷川はショウを労《いたわ》ってから玄関のドアを開けた。スーツの上着のポケットには、病院の売店で買った裕也へのお土産《みやげ》がある。

「裕也くん、ただいま」

待ってましたとばかり、可愛い裕也がバタバタと走ってきた。その手には夢中になっている正義のヒーローグッズがある。

氷川は満面の笑みを浮かべ、裕也に向かって左右の手を伸ばした。一人息子が自分の胸に飛び込んでくると信じて。

「レッドマン、地球の平和を守るぜーっ」

裕也は甲高い雄叫《おたけ》びを上げると、猛スピードで玄関の外に飛びだしていった。氷川の胸に飛び込んでくれない。

よくよく見れば、上はクマのパジャマだが、下は何も身につけていなかった。

「……え？　裕也くん？」

氷川が呆然《ぼうぜん》とするや否や、家の中から典子の怒鳴り声が聞こえてきた。

「嫁の役立たずーっ」

典子はバスローブ姿で髪の毛は濡《ぬ》れたまま、右手にはドライヤーとタオルがあり、左手には携帯電話があった。足元には裕也のパンツとパジャマのズボン。

これらはほんの一瞬の出来事で、氷川が瞬《まばた》きをする間もない。

ただ、何があったのか、説明されなくてもわかる。たとえ、新米ママでもやんちゃ坊主のやりそうなことはわかるのだ。

「ショウくん、裕也くんを追いかけてっ」

氷川は眞鍋組の韋駄天《いだてん》に金切り声で命令した。いや、その前に頼もしい韋駄天はスタートを切っていた。

「おいおい、裕也、パンツも穿《は》かずにどこに行きやがるーっ。ノーパンは姐さんの役目だーっ」

裕也は小回りがきくうえにすばしっこいが、ショウは暴走族時代から最速を誇った特攻隊長だ。

「ショウくん、お願い。裕也くんを捕まえてっ」

氷川は玄関から門の前に進み、祈るような気持ちであたりを見回した。いったいどこに突進したのか、すでに裕也の姿は見えない。追ったショウの背中も見えない。

「清和くんもやんちゃだったけど、裕也くんもやんちゃ……裕也くんのほうがひどいかな……ああ、あの頃は僕も若かったから清和くんのやんちゃに対抗できたのかな……」

氷川が門の前でこめかみを揉《も》んでいると、いかにもといった真面目《まじめ》そうなタイプの学生が近づいてきた。

「……あ、あの、妹さんがいらっしゃいますよね？」

一瞬、何を言われたのかわからず、氷川は胡乱《うろん》な目で聞き返した。

「……は？」

氷川の反応に思うところがあったのか、真面目そうな学生は慌てた。

「……あの、あの、あの、怪しい者じゃありません。僕は近所に住んでいる者です」

真面目そうな学生は姿勢を正すと、氷川に向かって深々と頭を下げた。そして、唐突に自己紹介をした。進学校に通う高校二年生だ。

「……綺麗な妹さんを一昨日《おととい》も見かけて……橘高さんの家に入っていくのを見かけて……僕、僕、僕、もう……妹さんのことしか考えられなくて……夢にまで見て……勉強も手につかなくて……僕は今まで勉強ばかりしてきて……初恋もまだで……これが初恋だと思います……初恋なんです……」

真面目そうな高校二年生の告白に、氷川の心臓が止まった。……ような気がした。もちろん、氷川に妹はいない。

橘高家に出入りした女性といえば、思い当たる人物はただひとり。

裕也にねだられて女装した氷川自身だ。

「……僕に妹はいない」

氷川は女装した自分に一目惚《ひとめぼ》れした高校二年生が哀れでならない。真実を告げようか、と一瞬悩む。

しかし、真実を明かしたら、どんなにショックを受けるか定かではない。生真面目そうな少年の今後に関《かか》わる。

「誤魔化すんですか？　お兄さんにそっくりですよ？　……あ、妹さんじゃなくてお姉さんなんですか？」

「……ん、諦めてください」

　初恋は実らないものと相場が決まっている。要は真面目そうな少年に諦めさせればいいのだ。

「……僕が高校生だから駄目なんですか？」

「彼女は妹ですが、結婚しています。諦めてください」

　氷川は諭すように優しく語りかけた。

「……え？　結婚しているんですか？」

「はい、夫も子供もいます。幸せな家庭を築いていますから諦めてください」

　氷川には生涯のパートナーと決めた清和がいるし、裕也は子供のようなものだ。この幸せを手放す気は毛頭ない。

「……そ、そんな……やっと巡り合った僕の理想……僕の理想の女性だったのに……幸せにしようと決めたのに……」

　少年の大粒の涙に、氷川の心が張り裂けそうになった。ごめん、ごめんなさい、一刻も早く忘れて立ち直ってください、と。

「君には君にお似合いの運命の相手がいますよ。どうか、運命の相手を幸せにしてあげてください」

しばらくの間、少年は辛《つら》そうに嗚咽《おえつ》を漏《も》らしていた。だが、どこからともなく裕也の雄叫びが聞こえた途端、はっ、と顔色を変える。

「……腕白坊主にレッドマンキックを食らわされる」

少年は涙に濡れた目で一礼すると、氷川の前から走り去った。同時に電信柱の陰から、裕也を荷物のように肩に担いだショウが顔を出す。

「姐さんが悪いっス」

あ〜あ、可哀相《かわいそう》に、とショウは遅すぎる初恋に破れた少年に同情した。すべての非難は二代目姐に向けられている。

「僕が悪いの？」

氷川が心外だとばかりに楚々《そそ》とした美貌《びぼう》を翳《かげ》らせると、ショウは忌々《いまいま》しそうにちっ、と舌打ちした。

「女装した自分が男にどう見えるか、わからねぇとは言わせないっス」

女装した氷川を眞鍋組の二代目姐と気づかず、ナンパしたのはほかでもないショウだ。ナンパ相手が氷川だと判明した後、悪びれもせずに同行していた清和を罵《のの》った。こんな美女をひとりにさせるな、と。

「ショウくんのくせに生意気な……」

氷川が文句を連ねようとしたが、ショウの肩でパタパタと元気よく動く小さな足に視線を留めた。

春といってもまだ夜は肌寒いし、風はきつい。こんなところで言い合っている場合ではない。

「裕也くん、中に入ろう。パンツを穿こうね」

氷川は真っ青な顔で、ショウの肩にいる裕也に声をかけた。

「地球を守るからパンツはいいの」

裕也はパンツを拒否するが、氷川はショウを急《せ》きたてて橘高家に入る。玄関から続く廊下には、裕也用の下着とパジャマのズボンとともにバスタオルやクマのぬいぐるみが落ちていた。

電話中なのか、奥から典子の怒鳴り声が聞こえてくる。あまりにも早口で捲《まく》し立《た》てているので聞き取れない。

まず、氷川は裕也のパンツだ。

「裕也くん、地球を守るためにもパンツを穿こうね。パンツは必要だよ。またお腹《なか》が痛くなるよ」

裕也くんを捕まえていてね、と氷川はショウとアイコンタクトを取りながら、裕也に下着を穿かせようとした。

それなのに、小さな足は下着を拒む。

「うんこ、こない？」

「……え？　トイレ？」

「りっちゃんのお兄ちゃん、うんこ、痛いって」

ショウとふたりがかりで裕也に下着とパジャマのズボンを穿かせた時、リビングルームから水色のベビー服に包まれた乳児がはいはいしてきた。

昨日《きのう》の朝の橘高家にはいなかった乳児だ。

「姐さん、もう一匹、産んだ？」

ショウに呆然と尋ねられ、氷川はぶんぶんと首を振った。

「僕は産めない……え？　どこの子かな？」

氷川とショウが見知らぬ乳児に目を丸くした時、奥の和室から清和がスマートフォンを手にのっそりと出てきた。

乳児は清和めがけて一心不乱にはいはいで近寄る。そして、無邪気な笑顔を浮かべて言った。

「……ばぶっ……パパ……」

パパ、だ。

一瞬、聞き間違いだと思った。空耳だと思いたかった。自分の耳がおかしくなったのだと思い込もうとした。

なのに、乳児の舌足らずな声が氷川の耳にちゃんと届く。

ガツン、と氷川はハンマーで脳天をカチ割られたような気がした。

「……パパ……パパ……パパ……」

天使の如《ごと》き乳児がはいはいで清和に辿《たど》り着《つ》き、アルマーニのズボンの裾《すそ》を摑《つか》んで立ち上がろうとした。もっとも、まだ上手く立てないようだ。

ストン、と清和のズボンの裾を手にしたままお尻《しり》から廊下に落ちる。

「……ばぶばぶっ……パパ……」

自分の聴力を疑う必要はない。パパ、と愛らしい乳児が清和を呼んでいる。迫力満点のヤクザに懐《なつ》いている。清和を見ただけで泣きだす子供が多いというのに。

ガツン、ガツガツ、と氷川の頭はハンマーで粉々になる。もはや、疑う余地はない。

「……せ、清和くん、どこの女性に産ませた子供なのかな？」

裕也と乳児の手前、感情を爆発させるわけにはいかない。氷川は最後の理性を振り絞り、努めて優しく清和に尋ねた。

「……違う」

清和はズボンに乳児を張りつかせ、掠《かす》れた声で否定した。心なしか、ざわざわと周囲の空気がざわめく。

「何が違うの？」

氷川の背後には般若《はんにゃ》とともに灼熱《しゃくねつ》の火柱が何本も立った。

「誤解するな」

「清和くん、僕が和歌山にいる時の赤ん坊かな？　それよりも前？　美味《おい》しい据《す》え膳《ぜん》をたくさん食べていた頃？」

一歳か、まだ一歳未満か、製造年月日はいつだ、と嫉妬《しっと》に支配された氷川の思考回路はむちゃくちゃに作動した。

「落ち着け」

「僕は落ち着いている。怒らないから正直に言いなさい」

「俺の子じゃない」

清和が低い声で言うや否や、乳児が『パパ』を連発する。氷川の背後に立った火柱が轟々《ごうごう》と燃え盛った。

「パパ、って呼んでるよ」

氷川は清和の足元に視線を落とした。

「…………」

清和は救いを求めるように、裕也を抱いているショウを横目で見た。

けれど、怖い者知らずの特攻隊長は、生き地獄で苦しむ亡者のような形相《ぎょうそう》でガタガタ震えている。己が命を捧げた組長夫妻の力関係をよく知っているからだ。平然としている

のは、ショウに縋《すが》るように抱き締められている裕也だけ。

「清和くん、パパならパパとしての責任を果たさないとね」

父親としての責任、と氷川の脳裏に赤ん坊が成人するまでの日々が浮かぶ。一年や二年の話ではない。

「身に覚えがない」

清和は強張《こわば》った顔で力んだ。

「身に覚えがないのにどうして赤ん坊が生まれるの？　清和くんが女の子と仲良くしたから赤ん坊が生まれたんでしょう？　清和くんは若くて綺麗な女の子たちととっても仲がいいよね？」

氷川は患者を騙《だま》す医師スマイルで、清和を真正面から見据えた。無意識のうちに、手が清和のネクタイに触れている。

「……だから、俺の子じゃない」

「認知と養育費から逃げる不倫男の言い訳はやめなさい」

プツリ、と氷川の中で何かが切れる。とうとう氷川は清和のネクタイを摑み、むんず、と力任せに引っ張った。

「……おい」

「男なら男らしく正々堂々とスポーツマンシップにのっとり、選手宣誓じゃなくて……認知宣誓でもなくて……父親なら父親としての責任を果たそう。認知はしたの？」

すでに氷川の思考回路は正常に動いてはいない。斜め上にカッ飛んだ後、いびつな形にぐるぐると空転している。

「いや」

「まず、認知だね。相手の女性は認知を求めなかった？」

二代目姐の座を狙っていた美女たちは、揃《そろ》いも揃って認知と結婚を求めそうなタイプばかりだった。かつて清和の妻候補として最有力視されていた京子《きょうこ》にしてもそうだ。

「俺は求められていない」

惚《ほ》れた強みか、伊達《だて》におむつを替えていないからか、理由は判明していないが、氷川は清和が嘘《うそ》をつくとなんとなくわかる。

今、清和に嘘をついている気配はない。

が、氷川は今の自分自身に自信がない。どうにもこうにも感情が昂《たか》ぶり、清和を冷静に見ることができないからだ。

ひょっとしたら相手の女性に認知を求められたのかもしれない、清和くんが認知しないから、典子さんに縋ったのかもしれない、と氷川は橘高家にいる乳児について考えた。そう、水色のベビー服に包まれた乳児の存在は揺るがない事実だ。

「養育費は？」

「いい加減にしろ」

「清和くん、僕は清和くんに父親としての責任を取らせようとしているだけだ。清和くんは自分の子供を不幸にしないいね。今は子供の貧困が深刻なんだ。可哀相な子がいっぱいいるんだ。僕も施設育ちだからよくわかる。清和くん、父親としての義務を放棄することは許さないよ」

氷川は実の両親の顔どころか名前も知らない。生後間もなく、ぼたん雪の降りしきる中、施設の前に捨てられていた赤ん坊だ。発見がもう少し遅かったら、死んでいたという。氷川にとって施設での生活は決して楽しいものではなかった。辛いこと、悲しいこと、苦しいこと、ひもじいこと、負の思い出で占められている。

それでも、氷川はくじけずに自分ができることを真面目に頑張った。すなわち、勉学に励み、優秀な成績を修めたのだ。

当時、実子のいなかった氷川家に引き取られた最大の理由である。資産家の氷川家に養子に入ると決まった時、施設のほかの子供たちから凄《すさ》まじい嫉妬をぶつけられた。

氷川自身、その理由が悲しいほどわかる。

これ以上、不幸な子供を作ってはならない。自分の大事な男の子供ならばなおさらだ。

「……おい」

「清和くんが父親としての義務を放棄するなら僕が父親になる。僕が父親としてこの子を認知して、この子が選挙権を持つまで養育費を払い続ける。この子の母親はどこの誰？」

氷川が荒れる感情に任せて清和のネクタイを引っ張っていると、裕也の舌足らずな声が聞こえてきた。

「清和兄ちゃんがお母さんにいじめられてる」

裕也はショウにぎゅっと抱き締められたまま、不夜城の覇者の苦戦を小さな人差し指で指した。

「……っ……裕也、わかってくれるか……っく、清和兄ちゃんを助けてやってくれ。お母さんはあんなに綺麗な顔をして怖いんだ。レッドマンより強いんだぜ」

ショウは縋るように抱いた裕也の肩に顔を伏せ、ズズーッ、と洟《はな》を啜《すす》った。冗談ではなく本気だ。

「ショウ兄ちゃんもお母さんが怖いの？」

「うん。助けてくれ」

ショウが涙目で頷くと、裕也はつぶらな目で氷川を見上げた。

「お母さん、ショウ兄ちゃんと清和兄ちゃんをいじめちゃ、めっ」

可愛い息子がショウと清和の肩を持つ。誤解を解かなければならない。

「裕也くん、誤解しないでね。いじめているわけじゃないんだ。清和兄ちゃんがめっ、なことをしたんだよ」

氷川は全精力を傾け、ショウの腕にいる裕也に笑いかけた。慈愛に満ちた聖母マリアを意識する。

ひっ、目が笑っていない、とショウの悲鳴混じりの声が響く。

「清和兄ちゃんがめっ、なこと？　チョコ食べて鼻血ぶー？」

「裕也くん、まさか、今日もチョコを食べすぎたの？」

氷川が母親の顔で裕也を見つめた時、清和の足元で遊んでいた乳児が一際《ひときわ》甲高い声を上げた。

裕也は屈託のない笑顔を浮かべ、乳児を小さな指で指す。

「お母さん、りっちゃんだよ。りっちゃん」

「……りっちゃん？」

裕也も乳児を知っているのか、以前から橘高家に出入りしていたのか、自分が何も知らないだけだったのか、と氷川の思考回路はショート寸前。

「りっちゃんのママ、お祖母《ばあ》ちゃんとお祖父《じい》ちゃんがプリンより好きだって」

裕也の言い回しに聞き覚えがあった。あれは確か、保育園の帰り道だ。

「ひょっとして、りっちゃんは保育園のお友達？」

「うん。りっちゃんはパンダ組。パンダ組は赤ちゃんなんだよ」

裕也が笑顔全開で言った時、橘高家に悲鳴が走った。耳をつんざくような典子のヒステリックな叫び声だ。

「ここでぐっすり寝ていたりっちゃんがいないーっ。清和くん、見てて、って頼んだでしょっ。何をしているのよ。役立たずのドラ息子ーっ」

典子に名指しで罵倒《ばとう》された当の本人は固まっている。どんな抗争でも真っ先に飛び込む鉄砲玉も硬直している。

応じたのは、清和の妻と目されている氷川だ。

「典子さん、赤ん坊はここにいます」

氷川が乳児を抱き上げ、リビングルームに向かって歩きだした。

おそらく、典子は今までひとりで裕也と赤ん坊の面倒を見ていたのだろう。想像を絶する事態だ。

「嫁、でかした。りっちゃんを捕獲してっ」

「はい、捕獲しています」

氷川は赤ん坊を優しくあやしつつ、リビングルームに入った。典子はバスローブ姿で携帯電話に向かって怒鳴っている。

「……だから、何度も言わせないでっ。うちで寝泊まりしているその美女は嫁なのよ。うちの嫁……え？　いくら金を積まれても息子の嫁を売ったりしないわよ……あんたも由緒正しい寺の坊さんなんだから諦めな。生臭坊主《なまぐさぼうず》にもほどがある……え？　この罰当たり、いい加減におしっ」

典子は般若の如き形相で凄《すご》むと、物凄い勢いで携帯電話を切った。乳児は泣きもせず、じっと典子を見つめている。

「……典子さん？」

つい先ほどまで、氷川の心には凄絶《せいぜつ》な嵐《あらし》が吹き荒れていた。

が、一瞬にして吹き飛んだ。

察するに、典子が激昂《げきこう》している内容は自分に関する件だったから。

「嫁、あんたも久しぶりに仕事に出て大変だったかもしれないけど、私も昨日から大変だったのよ」

典子は髪の毛から滴り落ちる水滴を拭《ぬぐ》おうともせず、氷川を真正面から睨《にら》み据《す》えた。尋常ならざる迫力だ。

清和とショウは恐れをなしてリビングルームの出入り口に佇《たたず》み、決して入ってこようとしないが、聞き耳だけは立てている。

「……はい……あの？」

氷川は乳児を抱きながら、典子を真《ま》っ直《す》ぐに見つめ返す。母とも慕う典子から視線を逸《そ》らしたりはしない。

「今の電話は金持ちと評判の寺の住職よ。裕也くんを保育園に連れていった時に嫁を見かけて一目惚れしたんだってさ。罪な嫁だねぇ」

典子は腹立たしそうに携帯電話をテーブルに置くと、バスタオルで濡れた髪の毛を拭《ふ》き始《はじ》めた。

氷川は寺の住職に記憶がない。もっとも、保育園に行く道中、古い門構えの寺があったことは覚えている。

「……お寺の住職？」

「ご近所の若い税理士も嫁に一目惚れしたんだってさ。いきなり、見合い写真と釣書を持ってきやがったわよ」

うちがヤクザだって知っているくせにいい度胸ね、それだけ嫁にイカれたのね、と典子は感嘆したように続けた。

「……ご近所の税理士？」

「ご近所のエンジニアと中学校の先生と財務省のキャリア官僚と厚生労働省のキャリア官僚も嫁に一目惚れだってさ。見合い写真と釣書がすごいわよ」

氷川の女装姿は数多《あまた》の男を虜《とりこ》にしたようだ。リビングルームの出入り口にいる清和の顔つきが険しくなる。つい先ほどまで、氷川の剣幕に押されていた男とは思えない。

「典子さん、断ってくれましたよね？」

氷川が真っ青な顔で言うと、典子はふんっ、と鼻を鳴らした。

「息子の嫁だ、ってその場で断ったわよ」

「よかった」

氷川は安堵《あんど》の息を吐いたが、清和とショウの形相は凄まじい。ふたりとも物騒な覇気を漲《みなぎ》らせている。

「嫁、裕也くんはここで育てたいからうちで問題を起こさないでちょうだい」

ショウに抱かれた裕也は指を咥《くわ》えていた。どこまで理解しているか、定かではないが、目はキラキラ輝いている。子供心に誰が一番強いのか、わかったのだろうか。

「……ぼ、僕だってそんな気は……」

「お隣の受験生も嫁に一目惚れしたみたいで可哀相ったらありゃしない」

「……高校二年生じゃなくてお隣の受験生？」

橘高家の門の前で真面目そうな高校二年生に告白されたばかりだ。彼は受験生ではなかった。まだいるのか。

「嫁にイカれて勉強ができない、ってお隣の受験生が泣《な》き喚《わめ》いたみたいよ。お隣の奥さんから嫁について問い合わせがあったわ」

典子が盛大なくしゃみをしたので、氷川は乳児を抱いた体勢で床に落ちているドライヤーに視線を流した。

「典子さん、風邪をひきます」

「ああ、今、風邪なんてひいている余裕がないのよ」

「わかります……で、この赤ん坊は?」

　氷川が断頭台に上るような顔で聞いた時、どこからともなく少年の甘い声が響いてきた。

「裕也くん、赤いうんこが出たよ。見たがっていたよな。見る?」

　ひょっこり顔を出したのは、詰め襟の学生服を身につけた少年だ。可愛らしい顔立ちをしている。

「うん、りっちゃんのお兄ちゃんの赤いうんこ、見る」

　裕也は目にキラキラ星を飛ばすと、ショウの腕から元気よく飛び降りた。ダダダダダダッ、とトイレに向かってひた走る。

「……ああ、痛かった」

　裕也に『りっちゃんのお兄ちゃん』と呼ばれた少年はお腹を押さえつつ、リビングルームに入ってきた。

　すると、氷川が抱いていた乳児が声を上げ、だっことばかりに小さな手を伸ばす。

「……ばぶぶっ……ばぶっ……にいに……にいに……にい……」

　氷川は動く乳児に逆らわず、詰め襟姿の少年に手渡した。リビングルームに佇む清和に視線を流す。

「……にいに？　お兄ちゃん、ってところかな……りっちゃんにお兄ちゃん……この赤ん坊のお兄ちゃん？　……ま、まさか、清和くんの隠し子がもうひとり？　清和くんにはこんな大きな子供がいたのーっ？」

氷川の心が張り裂けそうな叫びが、リビングルームに響き渡った。

その瞬間、清和だけでなくショウもブロンズの兵隊と化す。典子は口をポカンと開けて固まった。

乳児を抱いた詰め襟姿の少年も魂がない人形のように動かない。

微妙な沈黙が流れる。

沈黙を破ったのは、裕也の興奮した声だった。

「うわっ。うわーっ。昭英《あきひで》兄ちゃん、チョコの鼻血うんこだーっ」

トイレから響く裕也の声に、我に返ったのは典子だ。

「裕也くん、昭英兄ちゃんのうんこに血が混じっているのかい？」

典子は氷川や清和には目もくれず、足早にトイレに向かう。

「うん、昭英兄ちゃん、チョコ食べたうんこだよ」

氷川は裕也の話に構っていられない。

あっ、と詰め襟姿の少年は自分を取り戻し、事態を理解したらしく、可愛らしい顔立ちを複雑に歪めた。

「……あの、裕也くんが言っていた『お母さん』ですね？　僕は百瀬《ももせ》昭英と申します。よく中学生に間違えられますが、高校一年生になりました」

百瀬昭英と名乗った少年は童顔《はたち》だし、小柄なので中学生どころか小学生に見えた。いや、よくよく考えてみれば、二十歳になった清和の子供にしては大きすぎる。

「……え？　高校一年生？」

「僕の父は公務員で五年前に亡くなりました」

「……あ、ごめんなさい……そうだね……いくら清和くんでも高校生の息子は無理……」

十二歳で氷川家に引き取られた後、氷川は近所のアパートに住んでいたヨチヨチ歩きの清和と出会った。昭英が誕生した頃、まだまだ清和を膝に乗せることができたはずだ。

「この子は僕の弟の力太《りきた》です」

昭英は慣れた手つきで乳児を氷川に向けた。ばぶっ、と力太は元気よく氷川に向かって挨拶《あいさつ》をする。

「……力太くん、それで『りっちゃん』なんだ……で、りっちゃんが清和くんの子供なんだね？　清和くんはちゃんと認知したの？」

昭英に対する疑惑は晴れた。問題は力太だ。

「……あ、あの清和さんに認知してもらうわけにはいきません」

「じゃあ、誰に認知してもらうの？」

「橋高のおじさんのお友達が認知するとか、認知しないとか……お母さんは認知自体、迷っていて……」

「清和くんは自分の息子の認知を橋高さんの友人にさせる気？」

氷川が目を吊《つ》り上《あ》げた途端、トイレから典子に怒鳴られた。

「姉さん女房の尻《しり》に敷かれたうちの息子に隠し子を作る度胸なんてないわよーっ、それより嫁、ちょっと来なさい」

いったい何事か。典子の声に急かされ、氷川はトイレに足早に進んだ。廊下に裕也の靴下やシャツが点々と転がっているが、拾っている場合ではないらしい。

「典子さん、どうしました？」

「昭英くんのうんこなんだよ。医者に行ったら痔《じ》だって診断されて、スーパーの買い物袋みたいな袋にいっぱい軟膏《なんこう》をもらったそうだけど、いくらなんでもおかしくないかい？」

トイレの前で、典子は不安そうな顔で言う。

「……え？　痔？」

確認した途端、氷川は目を疑った。玄関に飾られた真紅の薔薇《ばら》のように赤い血だ。それも尋常ならざる量の。

氷川に医師としての悪い予感が走った。

「……痔だとは思えません。検査をしましょう」

「嫁、どういうことだい？　やっぱり、痔じゃないのかい？　昭英くんの母親も忙しくて大変なんだよ」

どれだけ昭英の母親が多忙を極めているか、典子の様子からなんとなくわかる。だが、もうそんな猶予はない。

「……胃……胃じゃなくて腸……単なる炎症か、過敏性……潰瘍《かいよう》性……大腸炎……まさか……いくらなんでも……ん……」

大腸癌《だいちょうがん》の可能性が否定できない、と氷川は典子の耳元にそっと囁《ささや》いた。昭英の状態を理解してもらうために。

いつの間にか、典子の背後にやってきた清和も驚いたらしく雄々しい眉《まゆ》を顰《ひそ》める。

「……そ、そんな……昭英くんはまだ高校一年生じゃないかい……けど、この子の父親は大腸癌で亡くなったそうなんだよ……」

誰よりも気丈な典子の語気が恐怖で掠れた。実父の死因が大腸癌ならば、悠長なことは言っていられない。

「今、病気に年齢は関係ない」

さまざまな要因が取《と》り沙汰《ざた》されているが、命に関わる大病の若年化が著しい。氷川が清和の食事に注意する最大の理由だ。

「……嫁、実は昭英くんと力太くんはオヤジの都合で今夜、預かったんだ。救急車を呼んだほうがいいのかい？　……あ、検査だったら明日だね？」

典子は自分を取り戻すと、誰よりも不安そうな昭英の頭を慈しむように撫《な》でた。その腕にはまだまだ幼い弟がいる。

「昭英くん、いつから大便に血が混じっていましたか？」

氷川は微笑《ほほえ》みながら、昭英に優しく尋ねた。

「……っと、先月から……お腹が痛くて……」

昭英は先月から腹痛を我慢していたのか、もっと前から自覚症状があったのではないのか、と氷川は医師の目でおとなしそうな昭英を見つめる。

「先月から？　正直に言ってね？　もっと前じゃないのかな？　もっともっと前だよね？　僕は医者だから隠してもわかるよ？　教えてね？」

内科医としてのカンや過去の自分が、昭英は言いたくても言えない子だと告げていた。

「……うん、実はもうずっと前からお腹が痛くて……三ヵ月ぐらい前からかな……」

自覚症状が出て三ヵ月、と氷川の胸が痛む。

「お母さんに言わなかったの？」

「……お母さんに言ったけど、力太がいるし、忙しくて……お母さんは悪くない……」

昭英から詳細を聞いている間にも、氷川に一目惚れした男たちから典子に電話が入った。それもひとりやふたりではない。裕也はショウと一緒に遊びだしたが、清和の機嫌は悪くなるばかりだ。

「……ええ？　政治家先生のあんたもかい？　あれはうちの息子の嫁だよ……ああ？　地中海のリゾートホテルと交換？　およし、それが国を背負う政治家先生の言うことかっ……ああ？　息子の嫁を狙う奴《やつ》にうちの門は開かないよ。来ても無駄だ。交渉なんてしない。さっさと諦めなっ」

典子は鬼のような顔つきで携帯電話を切ったものの、待ち構えていたかのように、電話台にある固定電話が鳴りだす。

典子は相手を確かめてから電話に応じる。

「……はい、橘高です……いつもお世話になっています……え？　うちにいる美女？　あれは私の親戚《しんせき》じゃない。うちの息子の嫁です。嫁……え？　籍？　うちの息子の職業を知っているだろう。やめとくれ……うちの息子はマカオのカジノの利権ぐらいで嫁を手放したりはしないよ……え？　今から交渉しに来る？　一昨日《おととい》来なっ」

典子が電話を叩《たた》き切《き》ると、清和が尋常ならざる迫力を漲らせてのっそりと近づいた。

「オフクロ、誰だ？」

清和が電話の相手を問うと、典子は煩《うるさ》そうに手を振った。

「……ああ、うっとうしいったらありゃしない。自分の息子が一番辛気《しんき》くさい。楊貴妃《ようきひ》も真っ青のべっぴんさんを嫁にもらったんだからしょうがないだろ。あれは座っただけで五万どころか十万はとれるね」

氷川がメガネを取ったら隣に座るだけで五万取れる極上品だと、かつて典子の夫である橘高は称した。女装した氷川は五万や十万単位どころの極上品ではなかった。予想を遥《はる》かに上回る逸品だった。

「……だから、誰だ？」

ドン、と清和は威嚇するように壁を軽く叩いた。

「知ってどうする気だい？」

「いいから言え」

清和が悪鬼のような顔で凄んだが、典子はいっさい動じない。胸の前で腕を組み、真正面から睨み返した。

「そんな顔を見たら教えられないね。殴り込みに行くオヤジみたいな顔をしてやがる」

「…………」

「……ああ、オヤジより頭が回るから鉄砲玉でも使うのかい。こんなことで鉄砲玉を使っていたら、いくら玉があっても足りないわよ。嫁に一目惚れした野郎が多すぎるからね」

「……オフクロ」

清和が鋭い目をさらに鋭くした時、典子の携帯電話の着信音が鳴った。発信者から用件がわかったらしく、典子は大きな溜《た》め息《いき》をつく。

「……ああ、ドラ息子、そんな顔をするんじゃないよ。私にも私のつきあいがあるからね。電話も鳴るさ」

「オフクロ、女房の件なら俺に回せ」

俺が始末する、と清和の鋭利な目が語っている。

「冗談はおよしよ」

「寄越せ」

とうとう清和は典子に代わって電話に応じようとした。

バシッ、と典子は清和の大きな手を叩く。

「私への電話だよ。しゃしゃり出るんじゃない」

「…………」

「……ああ、ドラ息子が恋女房にどれだけ惚れてるか知ってるよ。恋女房がドラ息子にどれだけ惚れてるかも知ってるよ。ガタガタ騒がずにどっしり構えていなよ。それが男ってもんだろ」

典子と清和は鳴り続ける電話の音をBGMに睨み合った。

氷川は清和と典子の諍《いさか》いの原因が、自分のことだとわかっていた。ちゃんとわかっていたが、目の前の昭英が心配で、構ってはいられない。

ショウの精神年齢はどうなっているのか、裕也と同じレベルなのか、やんちゃなふたりは正義の味方ごっこに夢中だ。

こんなことをしている間にも、典子の携帯電話と電話台の電話が鳴り続ける。典子が清和を抑えて応対すると、判で押したように女装した氷川との縁組みだ。いったい何人の男が、氷川に心を奪われたのだろう。

典子は何件目かわからない縁談を断った後、氷川に真剣な顔で言い放った。

「嫁、まずいわ。下手《へた》をしたら嫁に一目惚れした野郎どもが団体で乗り込んでくるかもしれない。もうお帰り」

とうとう典子から眞鍋組のシマに戻るように言われてしまう。が、氷川の懸念を察して、清和に釘《くぎ》を刺してくれた。

「清和くん、前も言ったと思うけど、私は嫁を監禁するような情けない男に育てた覚えはないわ。そんな情けない男に眞鍋の親分は無理よ」

私に誓いなさい、と典子は言外で清和に迫った。

「……わかっている」

清和は苦虫を嚙《か》み潰《つぶ》したような顔で承諾した。

けれど、氷川の最大の敵は不夜城の覇者ではなく、煮ても食えないスマートな参謀だ。

「……ああ、問題は祐だね。嫁、祐にも一言入れておくから帰んなさい」

「はい、お願いします」

氷川は今にも不安で崩れそうな昭英の手を握った。弟の赤ん坊はソファで寝息を立てている。

「昭英くん、明日、必ず、明和病院にいらっしゃい。まず、僕が診察してから信頼できる医者に回す。医者の僕が言うのもなんだけど、信頼できない医者は多いんだ。すぐに検査をしたいから、これから診察まで何も食べちゃ駄目だよ。口にしてもいいのは水だけだ」

氷川は名刺の裏に一筆入れ、昭英の手に握らせた。

さしあたって、明日だ。まず、検査をしてからだ。

何より、清和の嫉妬が危ない。疲れ果てた裕也が座布団で眠り込んだ頃を見計らって、氷川は清和とともに橘高家を後にした。

3

気づいた時、氷川《ひかわ》は見覚えのあるベッドルームのベッドで寝ていた。氷川が清和《せいわ》と一緒に暮らしていた眞鍋《まなべ》第三ビルの最上階にあるプライベートフロアだ。

「……あ、あれ？」

ショウが運転する車で橘高《きったか》家を出発したことは覚えている。当直明けの勤務で疲れ果てていたのか、車内で眠ってしまったようだ。

氷川は喉《のど》の渇きを覚え、キングサイズのベッドから下りた。静かにドアを開けると、リビングルームに人の気配がする。

「……あれは俺の女だ……始末しろ。何度も言わせるな……頭は誰だ？」

氷川は聞き耳を立てつつ、忍び足で近寄った。

摩訶不思議《まかふしぎ》の冠を被《かぶ》る信司《しんじ》の独自の選択により、森の中をイメージしたリビングルームは以前のままである。可愛《かわい》いクマたちも健在だ。

なのに、愛《いと》しい男が極悪非道な凶悪犯のような顔で恐ろしい命令を下している。相手は眞鍋組関係者なのだろうか。

「……オフクロに気づかせるな……オフクロはガキの面倒で忙しい……何度目だ。俺の女に手を出そうとしたんだ。覚悟しているだろう……」

清和はリビングルームの出入り口で固まる氷川に気づいた。しまった、という感情が珍しく顔に出る。

ピン、と空気が張り詰めた。

「……せ、清和くん、俺の女、って僕のことだよね？　ほかに清和くんの女性がいるの？　清和くんがそんなに怒るのは僕のことだよね？」

氷川は泣きそうな顔で清和に駆け寄った。

「………」

「貸してっ」

氷川は物凄《ものすご》い勢いで清和からスマートフォンを取り上げ、甲高い声で捲《まく》し立《た》てた。

「今の清和くんの命令は無視してっ。相手がどんな人でも始末しちゃ駄目だよっ。始末したら許さないよっ……あ、あれ？　切れているの？　聞いてくれた？　ちゃんと聞いてくれたよね？」

どんなに耳を澄ませても、スマートフォンからは何も聞こえない。瞬時に清和がスマートフォンを切ったのだろうか。

リダイヤルにも応対しない。

「……あれ？　壊れたわけじゃないよね？」

僕は壊していない、と氷川がスマートフォンを操作し続けると、清和の大きな手によって取り返された。

氷川もしつこく清和のスマートフォンに手を伸ばしたりはしない。要は無言で視線を逸《そ》らした清和だ。

「清和くん、正直に言って。俺の女って僕のことだね？」

氷川は清和のシャープな頬《ほお》を優しく撫《な》でた。

「…………」

「始末しろ、ってどういうこと？」

清和は敵には容赦がないと恐れられている極道だ。若いながら修羅《しゅら》の世界で勝ち続けた所以《ゆえん》でもある。

「…………」

「僕は誰にも手を出されていない……っと、典子《のりこ》さんに持ち込まれた見合い写真や釣書でそんなに怒っているの？」

裕也《ゆうや》の保育園に女装姿で行き、保育士をはじめとして園児の保護者に囲まれ、口説かれたのは記憶に新しい。橘高家の門では生真面目《きまじめ》そうな高校生に告白され、その後もひっきりなしに縁談話が持ち込まれた。

清和の怒りのボルテージが上がったのはよく知っているが、氷川は目の前の病人に集中していた。

「………」

「僕を女性だと間違えているんだ。男だってわかったら逃げていくから」

全員、スーツ姿の氷川に一目惚《ひとめぼ》れしたわけではない。綺麗《きれい》に着飾った氷川を見初《みそ》めた男ばかりだ。

「………」

「清和くん、許さないよ」

ペチペチペチペチ、と氷川は清和の頬を軽く叩《たた》いた。

「………」

「医者としては失格だけど、正直に言えば、僕だって清和くんに群がる女性を始末したいんだ」

僕のほうがずっとずっと辛《つら》かった、と氷川は潤んだ目で清和を見上げた。何しろ、不夜城の若き覇者は立っているだけで絶世の美女を引き寄せる。

「………」

氷川の目が潤んだ瞬間、清和から恐ろしい殺気が消える。不夜城の覇者は自身の女房の涙にとことん弱い。

「今からでも清和くんのお嫁さん候補にヒットマンを送りたいんだ。祐《たすく》くんが集めたお嫁さん候補は何人、いたかな？　みんな、若くて綺麗だったね？」

氷川が眞鍋組の二代目姐《あね》の座を捨てたと、誤解されたことが最大の原因だった。一時、眞鍋組のシマは二代目姐の座を狙《ねら》う美女たちの仁義なき戦場と化したという。氷川が清和と一緒に不夜城に戻った時、眞鍋第三ビルの駐車場には二代目姐候補が集結していた。

「………」

「ここに朝ごはんを運んできた女性もいたね？」

清和のプライベートフロアに辿《たど》り着《つ》く女性は限られている。すなわち、スマートな参謀の意にかなった二代目姐候補だ。事実、眞鍋組の二代目姐に相応《ふさわ》しい女性ばかりだった。

その中には橘高の弟分や兄貴分の愛娘《まなむすめ》もいた。

もし、清和が橘高の兄弟分の愛娘と結婚すれば、眞鍋組としても心強いだろう。

「………」

「清和くんの初めての相手も……クラブ・竜胆《りんどう》のママにもちょっと腹が立つ……ううん、やっぱりとっても腹が立つ……ムカムカしてくる……」

清和の初めての性行為は、橘高がお膳《ぜん》立《だ》てしたという。華やかな美女が競い合う眞鍋組資本のクラブで、清和はどこか寂しそうな女性を選んだ。

一夜だけの関係で終わらせず、清和は資金を出し、初めての女性にクラブ・竜胆という店を持たせた。

「……おい」

誰もが口を揃《そろ》えるが、清和の初めての相手は氷川にどこか似ている。氷川自身、認めないわけではないが、だからといって安心できない。何しろ、クラブ・竜胆のママは非の打ちどころのない女性だ。

「清和くん、妬《や》くのは僕だ」

キリキリキリキリキリ、と氷川は知《し》らず識《し》らずのうちに歯を嚙《か》み締《し》めていた。下肢にも自然に力が入る。

「……………」

「清和くんに妬く権利はない」

清和にしなだれかかる美女たちが容易に瞼《まぶた》に浮かぶ。消したいのに、消せない。見たくないのに見える。

「……………」

「今まで僕がどれだけ寂しかったと思っている？」

あの時もあの時もあの時も、と氷川はグラマーな美女にべったりと張りつかれている清和を指摘した。旅行先にも清和を慕う女性がたくさんいたのだ。まったくもって、油断できない。

「………………」

「清和くんみたいにかっこいい子はいない。どんな女性も好きになる。もう心配で心配でたまらないっ」

氷川は自分で自分がコントロールできなくなり、ポカポカポカ、と闇雲《やみくも》に清和の逞《たくま》しい胸を叩いた。

もっとも、鋼鉄のような胸はビクともしない。

「…………」

「本当に、本当に、本当に、実家にいたりっちゃんは清和くんの子供じゃないんだね？」

氷川はうるうるに潤んだ目で確認してしまう。違うとわかっているが、確かめずにはいられないのだ。

「違う」

「橘高さんの友人が認知するとかしないとか？　いったい誰の子供なの？」

氷川の潤んだ目に観念したのか、清和はとうとう重い口を開いた。

「オヤジの弟分が愛人に産ませた子供だ」

「ヤクザなの？」

「ああ」

「ヤクザが愛人に子供を産ませて、認知もせず、養育費も払わずに？　いったい何をしているの？　……あ、清和くんのお母さんみたいに何かしたの？」

清和は眞鍋組の初代組長が愛人に産ませた子供だ。実母が愛人としての立場を弁《わきま》え、姐の座を狙わなければ、清和は初代組長のただひとりの実子として苦労せずに育っただろう。幼い清和は実母のヒモのような男たちに暴力を振るわれ続けた。今でも思いだすだけで氷川の胸が痛む。

この世で最も許せないのは幼い清和を虐待した者たちだ。

「お前には関係ない」

清和はぶっきらぼうに突き放すような口調で言った。心の底から氷川を関《かか》わらせたくないらしい。

「関係ない？　確かに、関係ないかもしれないけど、あの昭英《あきひで》くんが心配だから口を出す。昭英くんのお母さんがどれだけ忙しいか知らないけど、昭英くんはずっと辛《つら》かったと思うよ。ずっとずっと痛みを我慢してきたんだ」

昭英から話を聞けば聞くほど、氷川は胸が締めつけられた。華奢《きゃしゃ》な少年にとって快適な家庭環境でないことは確かだ。

「助からないのか？」

清和は内科医としての氷川の言葉に、不安を抱いたらしい。語尾が掠《かす》れた。

「検査してから……検査してからだけど、あれは痔《じ》じゃない。軟膏《なんこう》を塗り続けても、治らないのに……昭英くんは忙しいお母さんを気遣って何も言いだせなかったんだ。お母さんは何をしているの？　今日っていうか昨日《きのう》はたまたま裕也くんとのお話でひょっこりと赤いうんこって出たの？　それとも、典子さんに縋《すが》るような気持ちで話したの？　お母さんは悪くない、って昭英くんは口癖みたいに言ってたよ？　あんなに辛いのに自分のことよりお母さん？」

氷川の感情が爆発し、強い語気で一気に捲《まく》し立《た》てた。医師として白衣を身につけていたら、こんなにブチまけられなかっただろう。

もっとも、これでようやく清和にわかってもらえたようだ。

「昭英と力太《りきた》の父親は違う」

「それで？　それが何？　橋高さんの弟分のヤクザ……だったら、どこかの幹部か組長じゃないの？　そういえば、花音《かのん》さんのお父さんの櫛橋《くしはし》組の櫛橋組長も橋高さんの弟分だよね？」

ふと、氷川は思いつき、橋高の弟分というポジションについて言及した。一概にはいえないが、昔気質《むかしかたぎ》の極道と兄弟杯を交わした極道もそれ相応だ。

一瞬、清和の鋭い目がゆらりと揺れた。

氷川はなんとなくだが、清和の心情を読み取ることができる。眞鍋組の二代目姐の座を狙って、氷川を汚い罠《わな》にはめようとした花音の父親なのか。

「……も、もしかして、力太くんは櫛橋組長と愛人の子供なの？」

氷川が確かめるように聞くと、清和は渋々認めた。

「……ああ」

ピリピリピリピリピリッ、としたものがふたりの間に走る。

「昭英くんのお父さんは公務員だから違うね？」

昭英の口から亡《な》くなった実父は厚生労働省のキャリア官僚だったと聞いた。到底、ヤクザと結びつかない。

「ああ」

「櫛橋組長には花音さんしか子供はいなかったよね？　それなのに、認知していないの？　養育費も渡していないの？」

櫛橋組長がそれ相応の養育費を渡していたら、昭英の母親は朝から晩まで働かなくてもいいはずだ。昭英も快方に向かわない自分の状態を母親に告げられただろう。

「櫛橋組長は初めて生まれた男だから喜んだ」

清和の口ぶりから櫛橋組長が力太の誕生に歓喜したことが伝わってくる。同時に妻子の怒りも感じ取った。

「もしかして、花音さんのお母さん、奥さんが反対しているの？」

「……詳しいことは知らない」

清和は言葉を濁したが、氷川は気にせず突っ込んだ。

「奥さんと花音さんがふたりがかりで反対しているの？」

言いなさい、と氷川のガラス玉のように綺麗な目が、清和から言葉を引きだした。

「櫛橋のオヤジは力太にまとまった財産を遺《のこ》そうとした」

櫛橋組長のやり方がまずかった、と清和は心の中で説明している。

おそらく、櫛橋組長は初めての男児の誕生に舞い上がるあまり、妻子に対する配慮を欠いたのだろう。

「それで櫛橋組長は力太くんを認知もせず、養育費も出せず？　お母さんは働きづめで、昭英くんは身体《からだ》を壊して？　力太くんと昭英くんが可哀相《かわいそう》だよ？」

妻子がありながらほかの女性に子供を産ませる男は嫌いだ。しかし、子供にはなんの罪もない。子供は親を選べないのだ。氷川は力太の幸せを願ってやまない。

「母親本人が認知と養育費を拒否した」

「……ええ？」

氷川は力太と昭英の母親が理解できなかった。

「櫛橋のオヤジが金を渡したが返してきたらしい」

櫛橋組長を詰《なじ》るな、と清和は心の中で言っているような気がした。

「……ああ、もう、じゃ、そっちじゃない。……えっと、花音さんは京介《きょうすけ》くんとクルーズだっけ？」

花音は櫛橋組の構成員を使って、氷川を陥《おとしい》れようとしたが失敗した。すべてが発覚した後、花音は母親と一緒に香港《ホンコン》に飛んだ。香港での優雅な日々で清和を忘れようとしていると思ったが、性懲りもなく、ヒットマンを雇って氷川を狙わせた。

清和の逆鱗《げきりん》に触れたのは言うまでもない。

それでも、氷川は花音を許した。花音に新しい恋を与え、清和を忘れさせようとしたのだ。眞鍋組の幹部たちが白羽の矢を立てたのは、カリスマホストとしてメディアでも頻繁に取り上げられているホストクラブ・ジュリアスの京介だった。

「ああ」

京介は女性が夢見る王子様を体現している。花音も京介に夢中になったという報告を聞いた。

「奥さんは？」

「帰国した」

「今、櫛橋組長のそばにいるんだね？」

「ああ」

「とりあえず、昭英くんが可哀相だ。昭英くんにとったら櫛橋組長は継父？　それもヤクザの継父？　継父にもならない……えっと、母親のパトロン……って生活費も払っていない役立たずのパトロンだね？　ひょっとして、昭英くんは櫛橋組長にいじめられたの？」

どうしたって、昭英が実母のヒモのような男たちに殴られ続けた清和に重なる。あの時、氷川は清和を助ける力がなかった。医者という職業に固執する最大の理由だ。

「櫛橋のオヤジは実の子のように可愛がった。が、昭英が懐《なつ》かない……とは聞いた」

昭英の実父は厚生労働省のキャリア官僚だ。どんな経緯があったのか不明だが、実母が関係したヤクザを父として慕うとは思えない。

「なんとなくわかる」

「俺のオフクロには昭英も力太も懐いた」

「それもわかる」

「昭英がお前に懐いたから驚いた」

清和の表情はこれといって変わらないが、感服している気配があった。昭英の櫛橋組長に対する拒絶っぷりがひどいのかもしれない。

「本来、人見知りで神経質な子なのかな?」

ストレスは万病の元、と唱える医者は多い。どれだけ、昭英にストレスがかかったか、想像に難《かた》くない。多感な時期だからなおさらだ。

おそらく、昭英は大便を誰かに見せるようなタイプではない。恐怖から裕也や典子に見せたのだ。

「……たぶん」

「珍しく喋《しゃべ》ってくれると思ったら、昭英くんをだいぶ気に入っているんだね」

　昭英が清和に懐いているようには見えなかった。

「妬くな」

　清和が慌てたように言ったので、氷川は苦笑を漏らした。

「妬いていない。清和くんが心配しているのがわかる」

　氷川が清和の頬にキスをすると、鋭い目が細められた。心なしか、周りの空気も柔らかくなる。

　血も涙もない極道と揶揄《やゆ》されるが、氷川の前では単純な男だ。

「……ああ」

　愛しい男の唇にも優しいキスをプレゼントした。軽く触れ、すぐに離れたが、清和の身体は火がついたらしい。

　清和の表情はさして変わらないが、その雄々しい身体は氷川の身体を求める。本人に自覚があるのか、自覚がないのか、定かではないが、オスのフェロモンが発散された。

「清和くん、そんな目で見られたら僕もおかしくなる」

　氷川が頬をほんのり染めると、清和は軽く口元を緩めた。そんな目で見ていたか、と清和は心の中で照れているようだ。

　ふたりの視線はねっとりと絡み合った。

氷川に愛しい男を拒む理由はない。

「僕の清和くん、僕の可愛い子、いいよ？」

氷川は甘く囁《ささや》きながら、清和のネクタイを緩めた。

「疲れているだろう」

「清和くんは僕としたくないの？」

清和から発散されたフェロモンに氷川の身体も触発された。もう何も知らなかった身体ではない。

「……いや」

若い男は氷川のしなやかな身体を求めている。ただ、氷川の身体を慮《おもんぱか》って、自らは求めない。

「じゃあ、いいよ」

氷川は清和のネクタイを引き抜き、シャツのボタンを上から順に外しだした。ほかの女性の匂いがないか調べる。

「いいのか？」

「ほかの女の子に手を出されたら困るから」

氷川は感情を込めて言い切ると、清和の手を引いてベッドルームに進んだ。いつになく、ベッドまで遠く感じ、もどかしくなってしまう。年上のプライドと理性で、走りそうになる足を止める。

氷川はベッドの前で自分の上半身を晒《さら》した。白いシャツはベッドの脇《わき》にかけ、清和とともにキングサイズのベッドに上がる。

「力太くんの疑惑は晴れたけど、どこかで誰かが産んでいるかもしれないね」

ベッドの中でこんなことを言うつもりはなかった。心の中で燻《くすぶ》っていた感情が、口から自然に飛びだしていた。

案の定、清和は氷川の身体の上で固まっている。

もしかしたら、心当たりがあるのかもしれない。ありすぎるのかもしれない。氷川の白い頬が引《ひ》き攣《つ》った。

「……あ、僕に隠し子はいないよ。僕は女性とつきあったことがないから」

自分でも理由は見当たらないが、どうしても異性に興味を持つことができなかった。温《あたた》かな家庭に憧《あこが》れていたのに。

「…………」

「今までに清和くんにはたくさん女の子がいたね」

いったい何人いたのか、と氷川は自分を追い詰めるとわかっていながら考えてしまう。

「…………」

「これからは僕だけだよ」

僕のものだ、という切実な気持ちも込め、清和の広い背中に腕を回す。誰にも譲りたくない男だ。

「ああ」

俺にはお前だけだ、と照れ屋の男は目で語っている。

愛しい男の愛を感じた。ちゃんと確認した。

それでも、氷川の心は鎮まらない。

「どんな綺麗な女の子がパンツを脱いでも触っちゃ駄目だ」

最も下着に囚《とら》われているのは氷川かもしれない。ついつい、そのいわくつきの言葉が口から飛びだす。

「ああ」

「清和くんの前でパンツを脱ぐのは僕だけだからね」

苛烈《かれつ》な怒気を漲《みなぎ》らせていても、氷川が下肢を晒せば鎮まる。剝《む》き出《だ》しの下肢を密着させればこちらの勝ちだ。

「ああ」

「……あ、前のパンツショックのダメージかな。どうして、パンツが……」

はっ、と氷川は我に返り、なんとも複雑な気分に苛《さいな》まれた。サメが頭に被っていた下着が浮かんだと思えば、祐の意趣返しが込められた卑猥《ひわい》な下着が鮮やかに甦《よみがえ》る。思いだした途端、氷川の全身が熱くなった。

　同じように、清和の体温も上がる。

「……………」

「清和くん、いったい何を思いだしているの？」

　氷川は卑猥な下着を穿《は》かされているような錯覚に陥《おちい》った。あまりにも清和の双眸《そうぼう》が熱すぎる。

「……………」

「そんな男みたいな顔をしちゃ駄目」

　氷川が視線を遮るように、清和の目を白い手で覆う。もっとも、若い男の劣情を煽《あお》っただけだ。

「男だ」

　今さら言われるまでもなく、可愛い幼馴染《おさななじ》みは堂々たる美丈夫だ。

「……うん、それはわかっている。わかっているよ。男だってよくわかっているよ。もう大人だってわかっている」

「……………」

「大人になったんだから抱いて」

　氷川は伏し目がちに言うと、震える手で下肢を晒した。清和の視線に焼かれ、溶かされ、早くもおかしくなりそうだ。

「いいんだな?」

この期《ご》に及《およ》んで確かめてくる清和がじれったい。若い男の身体は早くも氷川を熱望し、昂《たか》ぶっているというのに。

「うん」

氷川はそっと手を伸ばし、清和の分身に触れた。どれだけ自分が求められているか、尋ねなくてもわかる。

「後で文句を言うな」

「あんまりいやらしいことをしないでね」

氷川が頬を薔薇色《ばらいろ》に染め、やんわりと釘《くぎ》を刺した。可愛い男が欲しいなら、いくらでもあたえてやりたい。

が、時に予想を超えた行為を求める。

「…………」

仏頂面《ぶっちょうづら》の清和の大きな手が、なだらかな臀部《でんぶ》に回され、氷川は真っ赤な顔で上ずった声を上げた。

「……あ、そんなところを触っちゃ駄目」

きゅっ、と氷川は清和の頬を抓《つね》る。身体の中で最も敏感な場所は、少し触れられただけ

でズキズキと疼《うず》く。

「抱いてもいいんだろう？」

「だから、そこをそんなふうに触られたらおかしくなるでしょう。ちょっと考えてね」

氷川は腰を震わせ、清和の手から逃れようとした。

それなのに、清和の手は巧みに入り込み、際どいところから離れてくれない。氷川は肌に突き刺さる清和の視線に戸惑う。

「……清和くん」

「いい、と言ったのは誰だ？」

清和に舐《な》められるように肢体を眺められ、氷川の胸の鼓動が速くなる。薄い胸の飾りもプクン、と固く立ち上がった。

「そりゃ、僕だけど……僕だけど……」

氷川の理性は清和の手を拒んだが、身体は求めている。何しろ、膨張した清和の男根に煽られているのだ。

「清和くん、いやらしいことはしちゃ駄目だけど……いいよ」

「…………」

「おいで」

氷川は清和に向かって、白い手を伸ばした。己のすべてで愛しい男を受け止める。すべてを感じ取る。

獰猛《どうもう》な獣になった清和が愛しい。

ふたりだけの夜はこれからだ。

4

翌朝、目覚めた時、隣に極彩色の昇《のぼ》り龍《りゅう》を背負った男はいなかった。氷川《ひかわ》は肌に残る紅《あか》い痕《あと》を見て赤面する。

「……清和《せいわ》くん」

自分の肌を辿《たど》る愛《いと》しい男の唇を思いだし、氷川は振り切るように首を振った。そんな暇はない。

そそくさとベッドから下りると、バスルームに飛び込む。昨夜《ゆうべ》の情交を流した後、手早く身なりを整えた。

「清和くんがいないと料理を作る気になれない」

誰かが処理してくれたのか、しばらく開けなかった冷蔵庫に古くなった食材はなかった。ちゃんと、平飼いの鶏が産んだ卵や無添加のスモークサーモンなど、賞味期限内の食材がある。

「健康のために酵素を摂《と》らないと」

氷川は野菜室から有機野菜を取りだし、ジューサーで野菜ジュースを作った。清和に飲ませたい飲み物だ。

清和がいればテーブルに手料理を並べるが、ひとりだとそんな気にはなれない。シンクで立ちつつ、洗った苺《いちご》とプチトマトを食べた。籐《とう》の籠《かご》にバゲットを見つけ、亜麻仁《あまに》油《あぶら》をかけて口に放り込む。

コーヒーを飲んでいると、来訪者を告げるインターホンが鳴り響いた。

「ショウくんかな？」

現れたのは送迎係のショウだが、背後には魔女こと祐《たすく》が艶然《えんぜん》と立っていた。それだけで、あたりには異様な瘴《しょう》気《き》が漂う。祐自身、端麗な美青年であるにも拘《かか》わらず。

「祐くん、僕は仕事に行くから」

まさか仕事に行かせないつもりか、典子《のりこ》さんの注意もきかないのか、と氷川は一瞬、身構えた。

「僭越《せんえつ》ながら、今日は俺も送らせていただきます」

祐に白い手袋を投げられたような気がした。

氷川も祐にはいろいろと鬱憤《うっぷん》が溜《た》まっている。あまりにも文句がありすぎて、何から言えばいいのかわからないくらいだ。

「祐くん、望むところだ」

氷川は祐から投げられた白い手袋を拾った。この勝負、受けて立つ、と心の中で気合を入れる。

「姐《あね》さん、誤解しないでください。戦争をしに来たわけではありません」

「うちの息子をどうする気……じゃない、遅刻する」

氷川は腕時計で時間を確かめ、慌てて玄関から飛びだした。

ノンストップのエレベーターで地下の駐車場に下り、ショウがハンドルを操る車で眞鍋《まなべ》第三ビルを後にする。

助手席には頭脳派の幹部候補と目されている卓《すぐる》がいた。すでに顔色が悪く、今にも気絶しそうだ。同乗したくなかったと、確かめなくてもわかった。

「姐さん、よろしいですか？」

車内、口火を切ったのは氷川の隣に腰を下ろした祐である。

「うん、祐くん、うちの息子を毒牙《どくが》にかけるのはやめて」

よりによって、どうして裕也《ゆうや》の嫁宣言の相手が祐なのか、保育園にいた可愛《かわい》い園児を思えば腑《ふ》に落ちない。

うっ、と低く唸《うな》ったのは運転席のショウだ。

「俺は流されやすいタイプです。裕也くんに言ってください」

その話じゃありません、とばかりに祐は手を振った。眞鍋の男たちを震撼《しんかん》させた嫁姑《しゅうとめ》戦争を勃発《ぼっぱつ》させる気はないらしい。

「祐くんが流されやすいタイプなら、リキくんも流されやすいタイプだ。カチコチの正道《まさみち》くんとラブラブカップルになっている」

「姐さん、裕也くんのことは少しの間、忘れてください。今、最も話し合わなければならないことは……」

祐の言葉を遮るように、氷川は医師の目で言い放った。

「わかっている。昭英《あきひで》くんのことだね。公にはできないけど、僕が裏で手を回して、長い順番待ちをしなくてもいいようにするから」

三時間の待ち時間で診察時間は五分、と明和《めいわ》病院並びにそれ相応の大規模総合病院は揶揄《やゆ》されている。病院側も心を痛めているが、現状ではどうすることもできないのだ。

「その件でもありません。本心を言えば、眞鍋としては櫛橋《くしはし》組長のプライベートに関《かか》わりたくない」

祐は明らかに櫛橋組長を非難しているし、首を突っ込んだ橘高《きったか》夫妻を咎《とが》めている気配さえあった。

「花音《かのん》さんの怒りがぶり返すかもしれない？」

氷川の瞼《まぶた》に櫛橋組長夫妻の愛娘《まなむすめ》が再現される。禁じ手の警察を利用するほど、清和に恋《こ》い焦《こ》がれていた花音だ。

「せっかく、京介《きょうすけ》が上手《うま》くやっているのにやめてください。姐さんはノータッチでお願いします」

両親に溺愛《できあい》されて育った花音にとって、昭英の母親と力太は憎悪すべき対象だろう。せっかく京介で癒《い》えた心が、またおかしくなるかもしれない。

「昭英くんを信頼できる医者に託すまでは関わる。典子さんは兎《と》も角《かく》、昭英くんのお母さんが信用ならない。忙しいのはわかるけど……」

どうにもこうにも、昭英の母親に引っかかった。ヤクザの愛人というポジションから、すべてにおいてだらしなかった清和の実母を思いだしてしまう。幼い清和は食事も満足に与えられず、高熱を出しても病院に連れていってもらえなかった。公園で倒れていた清和に気づいたのは、ほかでもない学校帰りの氷川だ。

『……せ、清和くん？　清和くん？』

氷川が慌てて駆《か》け寄《よ》り、ぐったりしている清和に触れた。

『……だ、だ、だい……じょぶ……』

清和はうっすらと目を開け、笑顔を浮かべようとした。大好きな諒《りょう》兄ちゃんこと氷川を安心させるために。

だが、どんなに笑おうとしても笑うことができないのだ。呼吸は荒いし、ぐったりしている。

『……清和くん、大丈夫じゃない。絶対に大丈夫じゃないよっ』

氷川は清和の額の熱さに仰天し、抱き上げた。養父が経営している氷川総合病院に運んだのだ。

　あともう少し発見が遅れたら危なかったと、清和に同情している看護師が教えてくれた。アパートの部屋で倒れていたら、氷川は気づけなかっただろう。

　その頃、清和の実母はヒモのような男と一緒に横浜で飲み歩いていた。清和が高熱で倒れたと知っても、母親らしいことは何もしなかったのだ。

　いやでも、高熱に苦しむ清和が昭英に重なる。

「昭英の実の父親は厚生労働省勤めのキャリアでした」

　厚生労働省といえば、真っ先に『清水谷《しみずたに》の誇り』と称《たた》えられた諏訪《すわ》が重なる。昭英の父親も堅いタイプだったのだろうか。

「昭英くんから聞いた。仕事で忙しくて構ってもらえなかったみたいだ」

「父親は大腸癌《だいちょうがん》で亡《な》くなりました。気づいた時には手遅れだったそうです」

　実父の死因が大腸癌だけに、氷川は悪い予感でいっぱいだ。昭英の母親にしても、どうして注意しなかったのだろう。

「昨夜、僕も聞いた。いったい昭英くんのお母さんはどんな女性？」

　氷川が白百合《しらゆり》と絶賛される美貌《びぼう》を歪《ゆが》めると、祐は想定内の質問だったらしく苦笑を漏らした。ヤクザの情婦にありがちな夜の蝶《ちょう》ではない、とばかりに手を軽く振る。

「昭英くんの母親の小枝《こえだ》さんは一言で言えば世間知らずです。夫を亡くした後、夫の弟夫婦に保険金を騙《だま》し取《と》られて生活に困って、仕事に出ようとしたものの仕事が決まらず、やっと決まった仕事が櫛橋組の舎弟企業の受付だったとか」

年々、暴力団に対する締めつけは厳しくなり、否《いや》が応《おう》でも変革を迫られている。清和も数多《あまた》の批判を受けたが、新しい眞鍋組を模索している最中だ。櫛橋組も古そうに見えて、時代の波に乗ろうとしているのかもしれない。

「……櫛橋組の舎弟企業？」

「櫛橋組長は独身のカタギのふりをして、小枝さんを手に入れたんです。これには橘高顧問も典子姐さんも怒っていました」

櫛橋組長は妻子持ちであることを隠し、素性も偽り、一般女性と関係を持ったという。仁義を切る橘高の弟分とは思えない所業だ。

「ひどい」

「櫛橋組長は一目でヤクザだとわかる風貌《ふうぼう》です。気づかない小枝さんにも問題があります」

どうして櫛橋組長がヤクザだと気づかない、周りも典型的なヤクザばかりだろう、と祐は世間知らずの小枝も批判している。

「……そうなのか」

「ただ、櫛橋組長は小枝さんだけでなく昭英くんも大事にした。力太くんも認知して養育費を渡す予定だったのに、小枝さん本人が認知と養育費を拒んだそうです。ヤクザだと知って、別れる決心をしたらしい」

櫛橋組長は無責任な男ではないと、氷川も清和から聞かされていた。櫛橋組長がいなければ橋高はとうの昔に命を落としていたという。眞鍋組の存続も危なかったに違いない。

「……え？」

ヤクザというだけで別離の原因になる。それは氷川もよく知っていた。

「要は櫛橋組長が招いた問題です。姐さんは首を突っ込まないでください」

これ以上、櫛橋組に関わるな、とばかりに祐は話を終わらせる。前々から花音の危険性を指摘していたのは祐だけだった。今回も祐の危険信号が点滅しているのだろうか。

「……わ、わかっている。わかっているから」

「さて、最大の問題は姐さんをマークしているマトリです」

やっと本題に入れる、と祐はにっこりと微笑《ほほえ》んだ。

もっとも、車内の温度は一気に下がり、運転席と助手席の若き精鋭たちはひくっ、とそれぞれ喉《のど》を鳴らす。

倒れるなよ、と卓がショウの肩を軽く叩《たた》いた。

「……あ、忘れていた。兼世《けんせい》くんがいたんだ。僕がマークされているの？」

想定外の出来事の連続に、看護師として潜入していた兼世の存在がどこかに旅立っていた。

「サメの職務怠慢により、未《いま》だにマトリの真意が判明しない。姐さんは下手《へた》に刺激しないでください」

清和驀進《ばくしん》の最大の理由は、サメが率いる影の実動部隊の暗躍だ。特に諜報活動《ちょうほうかつどう》は素晴らしかった。

しかし、凄腕《すごうで》が抜けた穴が大きく、以前のような実力を発揮していない。

「……まさか、清和くん、兼世くんや諏訪先輩に恐ろしいことをしないね？」

氷川が青褪《あおざ》めた顔で確かめるように言うと、祐は沈痛な面持ちで答えた。

「姐さんがいつも部屋で待っていたら、二代目の心も鎮まるでしょう」

苦しそうにこめかみを揉《も》む祐の背後に、ゴージャスな監禁部屋が広がる。典子に説得されても諦《あきら》めていないのか。それでも、典子が出てきたから、前回のように強引な手には出ないのか。

「結局、それ？　結局、それなの？」

氷川が傾国の美女に喩《たと》えられる美貌を裏切る顔を晒《さら》しても、スマートな参謀は態度を崩さなかった。

「姐さんが部屋で待っていないと、二代目の機嫌がよろしくない。ちょっと目を離した隙《すき》にヒットマンにコンタクトを取ろうとするから大変です」

「片時も清和くんから目を離さないで」

「姐さんが愛の巣にいてくだされば、それでことはすみます。どうして、我らが二代目の最愛の姫は核弾頭になりたがるのでしょう」

「眞鍋組で一番頭が柔らかい祐くんなら、僕にそんなくだらない嫌みを言っている場合じゃないってわかっているよね」

核弾頭と魔女の間で熾烈《しれつ》な火花が散った。

言うまでもなく、運転席のショウは一言も口を挟まず、アクセルを踏み続ける。話がふられないうちに、目的地に到着するために。


核弾頭と魔女の言い争いに決着はつかず、豊かな新緑に囲まれた勤務先に到着する。氷川は瞬時に内科医の顔になった。

眞鍋組のことはすべて忘れ、内科医としての仕事に没頭する。

朝の入院患者の回診を終えた後、氷川は外来の診察だ。予定通り、昭英は高校を休み、典子に付き添われてやってきた。詰め襟の学生服を着ていないと、一段と幼く見える。

「裕也くんのお母さん、本当にお医者さんだったんですね」

昭英の第一声に、氷川は目を丸くした。

「……昭英くん、今さら何を言っているの」

氷川は軽く微笑みつつ、キーボードを叩いた。昨夜、昭英から聞いた経緯を電子カルテに入力する。

まったくもって、痔《じ》だと診断した医師が腹立たしい。なんの効果もない軟膏《なんこう》を塗り続けた昭英が哀れだ。

「……ごめんなさい。裕也くんから綺麗《きれい》なお母さんの話をいっぱい聞いたから」

裕也がどんな話をしているのか、今の氷川は構っていられない。

「大丈夫だよ。まず、外科の先生の診察を受けよう。うちは信頼できるスタッフが揃《そろ》っているからね」

氷川は勤務医の特権による常套手段《じょうとうしゅだん》で外科部長の外来診察に割り込んだ。今朝、診察前に話はつけている。

昭英と典子が診察室から出ていった後、氷川は大きな息をついた。まさしく、祈るような気持ちだ。

「氷川先生、今の子はまだ高校一年生だろう。そんなに悪いのか?」

兼世も昭英に同情したのか、青い顔で尋ねてくる。軽薄なホストでもなければ人を食ったような麻薬取締官《まやくとりしまりかん》でもない。

「兼世くん……じゃない木村《きむら》くん、まぁ、検査してから」

「俺は木村じゃなくて鈴木《すずき》です。付き添いは昭英くんのお祖母《ばあ》ちゃんじゃないですよね？」

兼世ならば昭英に付き添っているのが、清和の義母《はは》である典子だと知っているはずだ。

氷川は白々しくてたまらない。

「鈴木くん、昭英くんが気になるの？　可愛い子でしょう？」

「諏訪先輩の少年時代にどこか似ている……それはおいといて。昭英くんのオヤジは過労死だと噂《うわさ》の奴《やつ》じゃなかったかな？」

昭英の実父に心当たりがあるのか、誰かと間違えているのか、兼世はどこか遠い目でポツリと言った。

「お父さんの死因は大腸癌だ」

定期健診で引っかかっても病院に行く時間がなかった、と昭英は仕事に追われた亡《な》き実父について語った。

いやというぐらい耳にする話だ。

「過労死で亡くなる前に大腸癌で亡くなった奴かな？　大腸癌だったらあのツルツルハゲかな？　バーコードかな？　ザビエルって仇名《あだな》の奴かな？」

氷川は昭英の実父の髪の毛についての情報は仕入れていない。

「毎月、残業が二百時間以上。睡眠時間が毎日、二時間ぐらいだったとか……あ、次の患者さんも厚生労働省の役人だ。救急で運ばれてきたんだ」

厚生労働省のみならず、どの省もおしなべて労働基準法を完全に無視した労働時間だという。会議が深夜の二十五時など、最初からとんでもない時間で設定されている。お役所仕事と罵倒《ばとう》されるが、タフでなければ務まらない激務だ。

「救急で入院した岡田雅治《おかだまさはる》？」

知っているのか、知らないのか、定かではないが、兼世は電子カルテの岡田のデータを眺める。

「気になることを言っていたから、昨日朝一番で検査をして、検査結果を出してもらったんだ」

氷川は検査結果に目を通してから、手で兼世に合図を送る。

「岡田さん、岡田雅治さん、入ってください」

兼世が岡田を外来の診察室に呼んだ。

「氷川先生、よろしくお願いいたします」

岡田は車椅子《くるまいす》に座ったまま、土色の顔で声を出した。車椅子を押しているのは、昨夜も付き添っていた妻の沙織《さおり》だ。一睡もできなかったのか、美人なのに目の下のクマがひどい。

「岡田さん、お加減はどうですか？」

氷川が穏やかな口調で尋ねると、岡田は土色の顔で答えた。

「痛みます。キリキリと痛みます。私は毒殺されそうになったのですね？」

昨夜も岡田は毒物云々《うんぬん》について言及したが、いったい何を恐れているのだろう。妻の沙織は困惑したように溜《た》め息《いき》をついている。

「その可能性はありません」

氷川は検査結果を見て、毒物の可能性を排除した。急性胃炎と診断する。精神的な要因ではないか。

「本当ですか？　毒を飲まされたとしか思えませんが？」

「胃炎ですね。胃がだいぶ荒れています。このままほうっておいたら胃潰瘍《いかいよう》……」

氷川の言葉を遮るように、岡田は凄《すさ》まじい勢いで車椅子から立ち上がり、ヒステリックに怒鳴った。

「そんなはずはないっ。私は毒物を盛られたんだ。殺されかかったんだーっ」

岡田の目は血走り、肩や腕、下肢もぶるぶる震えている。あなた、と妻が宥《なだ》めるように岡田の背中を撫《な》で、車椅子に座らせた。

「どこかで毒物を入れられた気配があるのですか？」

嫁に毒を盛られた、姑に毒を盛られた、若い後妻が父に毒を盛った、と騒ぎ立てる常連患者は珍しくない。岡田は厚生労働省のキャリア官僚であり、妻は遺産争いが日常茶飯事と化している近所の高級住宅街の住人だ。

「……勤務先……あ……」

今さらながらに自分の立場を思いだしたのか、岡田の興奮が鎮まる。ペコリ、と背後の妻が頭を下げた。いかにもといったエリートの夫と貞淑そうな美人妻の絵に描いたような夫婦だ。

「勤務先は厚生労働省ですね？」

医師の世界にも凄絶《せいぜつ》な権力闘争があるからなんとなくわかる。岡田は組織にありがちな権力闘争に巻き込まれたのかもしれないが、だからといって、毒殺という手はないのではないか。

「……こ、このままだと殺されます。確実に殺されます。自殺に見せかけて殺される」

よほど追い詰められているのか、岡田は言葉を翻《ひるがえ》さなかった。

「心当たりがあるのですか？」

「……立場上、公にはできませんが、お願いします。助けてください。このまま明和に半年ぐらい入院させてください」

「半年も入院する必要はありません。胃炎ですから……」

氷川が検査結果を提示して、説明しようとしたが、岡田は聞く耳を持たない。

「助けてください。ここを出たら、私は殺される。自殺に見せかけて殺されます。明和に入院させてください。半年が無理なら三ヵ月」

「三ヵ月も入院する必要はありません」

出世争いをしていたら、まず入院は拒否する。これだけ入院したがるのだから、出世コースから外れたことは間違いない。

「……あ、血便も出ました」

岡田は思いついたように言ったが、氷川の目には白々しく映る。おそらく、一日でも長く入院したいがための嘘《うそ》だ。

「……血尿はお聞きしましたが、血便は初めてお聞きします」

「言い忘れていました。血便が出ています。私の身体《からだ》は重い病に冒されています」

「血便はいつの話ですか？」

「血便はだいぶ前……最近も……一昨日《おととい》も……。せめてひと月、せめてひと月、匿《かくま》ってください。助けてください。国家に関わることだから明かせませんが、ここを出たら私は自殺に見せかけて殺されます」

岡田はエリートとしてのメンツをかなぐり捨て、氷川に縋《すが》ろうとしている。氷川と妻の視線が交差した。

すみません、と妻は車椅子の後ろでお辞儀をする。妻が夫の意見に同意していないことは確かだ。

ひょっとしたら、すべて岡田の思い込みなのだろうか。それとも、妻が知らないだけで岡田は命を狙《ねら》われているのだろうか。

「……では、とりあえず、二週間の入院、診断書を書きます。二週間経《た》てば、また状況は変わっているでしょう」

いつまでも岡田に関わっている時間はない。血便と自己申告されたから、外科の外来に回した。外科部長ではなく、若手の深津《ふかつ》を指名する。きっと、あの深津ならば上手《うま》く対処してくれるだろう。

「兼世く……じゃない、鈴木くん、今の岡田雅治さん、知っている？」

やっとのことで岡田を診察室から出した後、氷川は無意識のうちに兼世に尋ねていた。異常な怯《おび》えようだったからだ。

「知りません」

兼世も仰天したのか、岡田のデータをまじまじと見つめている。

「厚生労働省では毒殺がポピュラーなの？」

「上司のお茶にぞうきんの絞り汁を入れた部下なら知っています。上司の靴を隠した部下も知っています。同僚の大事な書類をシュレッダーにかけた奴も知っています」

「学校のイジメ？」

氷川が啞然《あぜん》とした面持ちで言うと、兼世は悲しそうに薬品棚に顔を突っ伏した。

「俺もよくいじめられました」

「嘘つき」

岡田の次は髪の毛を紫色に染めた常連患者だ。お約束のように、嫁の愚痴をさんざん聞かされた。

「氷川先生、気のせいではありません。嫁はインターネットで青酸カリを手に入れました。私を青酸カリで殺す気ですわ」

以前は砒素《ひそ》でしたね、と氷川は心の中で突っ込む。家族関係に詳しいわけではないが、被害妄想としか思えないのだ。

兼世の絶妙な宥めにより、次の患者の診察に進むことができた。


せわしない外来診察を終え、医局で遅い昼食を摂《と》る。昭英のことが心配だが、外科部長は見当たらない。

机には大手製薬会社の営業がおいていったメッセージ付きのゼリーがあった。中堅どころのアエバ製薬のプリンもある。

ゼリーやプリングらいで心は動かない。それでも、一応、社名は頭に入る。これが営業の第一歩なのか。

仕出しの弁当を掻《か》き込《こ》む昼食を終え、入院患者のカルテに目を通していると、若手外科医の深津が医局に入ってきた。真《ま》っ直《す》ぐに氷川の机に近づいてくる。

「氷川先生、あの厚生労働省のエリートサマはなんだ?」

深津の外来診察を受けさせた担当患者の岡田のことだとすぐにわかる。氷川は椅子から立ち上がりながら確かめるように言った。

「深津先生、岡田さんのことですね?」

「自分が毒殺される、って思い込んでいやがる。毒殺されるようなことをやりやがったのかよ」

「……みたいですね。深津先生の前でもそうですか」

僕の前だけじゃなかったのか、と氷川は岡田のなりふり構わない態度に少なからず戸惑った。エリートにはエリートの矜持《きょうじ》があると知っているからだ。

「俺が清水谷出身だと知って縋りだした。明和が清水谷系の病院だから入院したいらしいな。いったい何から逃げているんだ?」

岡田が厚生労働省から逃げていると、氷川にはなんとなくだがわかる。最高の偏差値を誇る最高学府系列の病院も避けているのだろう。清水谷学園大学の出身者には、キャリア官僚も政界関係者も多いのだが。

「奥さんは？」

氷川は夫に献身的に付き添っている妻に触れた。

「被害妄想だ、って奥さんが看護師に零《こぼ》していた。仕事場でもやらかして、上司に休めと言われたらしいぜ。奥さんも困り果てている」

深津の言葉に氷川は納得する。

「奥さんは僕にも必死になって謝っていました」

「問題は、あれが厚生労働省のエリートサマだってことだ。こちらに落ち度がなくても落ち度をでっち上げる……こともできるからな」

その気になれば病院を業務停止に追い込むことができる、と深津は由々しき事態に言及した。

「……いくらなんでも」

「氷川先生、甘いことを言うな。わけのわからねぇことをほざく役人が増えたらしいぜ。院長と事務局長の眉間《みけん》の皺《しわ》が深くなった」

不可解な岡田について話し合っていると、外科部長が医局に戻ってくる。当然、氷川は真っ青な顔で昭英について尋ねた。

「氷川先生、ああ、あの女の子みたいな男の子は入院させる。腸を空っぽにしてから検査して……それからだ」

「部長、大腸癌ですか？」

「……確かめてから」

危険な状態だったならば、緊急手術の算段が練られていたに違いない。外科部長も最悪のケースを想定して診察したという。

「緊急オペじゃなくて安心……できませんが、オペじゃないんですね」

「あの子、よくも今まで我慢したな。痛かったと思うよ」

外科部長と昭英について話し合っていると、いつしか、病棟の夕方の回診時間が迫っている。氷川は白衣の裾《すそ》を靡《なび》かせつつ、入院患者がいる病棟に向かった。

いつもとなんら変わらない病棟の回診だ。ひとりずつ、丁寧に病室を回る。岡田が入院している個室を出た後、なんとも言いがたい疲労感に襲われたがへたり込んだりはしない。昭英が入院した外科病棟に足を伸ばした。

渡り廊下で見覚えのある恰幅《かっぷく》のいい紳士と擦れ違う。

……と、思ったら、追いかけてきた。

「氷川先生ですね。ご挨拶《あいさつ》が遅れました」

恰幅のいい紳士が差しだした名刺には、アエバ製薬の代表取締役社長《だいひょうとりしまりやくしゃちょう》の肩書が記されている。名前は饗庭秀豊《あえばひでとよ》、五十代半ばの威風堂々とした社長だ。以前、医局で会った記憶があるが、氷川はまだほんの駆けだしの内科医で、饗庭社長に声をかけてもらえなかった。

「アエバ製薬の饗庭社長ですか」

「本当に真面目《まじめ》でいい先生だと、氷川先生のお噂は聞いております。院長や内科部長も褒《ほ》めていらっしゃいました」

「ありがとうございます」

「氷川先生なら間違いはない、と推薦されました。お話をさせていただけますか？」

ここから本題か、饗庭社長はそれとなく距離を詰める。紳士然とした態度を崩さないが、雰囲気はガラリと変わった。

「どのようなお話ですか？」

「実は私は六本木《ろっぽんぎ》にあるクリニックに出資しております」

饗庭社長は饗庭クリニックのパンフレットをさりげなく氷川に差しだした。明和病院の冊子と違って洒落《しゃれ》ている。建物や内部も病院とは思えない造りだ。

「饗庭クリニック？」

深津に聞いていた自費診療が中心のクリニックだと気づいた。

「週に一度でも構いません。饗庭クリニックにお力をお貸しいただけないでしょうか？」

「ご存じの通り、僕は明和の内科医です。そんな暇はありません」

「月に一度でも二度でも構いません。饗庭クリニックはモデルや女優さんなど、自由業の患者さんが多く、夜から深夜にかけて混むのです。明和の勤務時間外、ほんの少しで構いませんからお力添えをいただけないでしょうか」

饗庭に深々と頭を下げられ、氷川は面食らってしまう。饗庭クリニックのパンフレットを見る限り、昨今、巷《ちまた》にあふれている自費診療を主体にした病院だ。

「今、僕にそんな時間はありません」

「送迎車を用意します」

饗庭社長が耳元でそっと囁《ささや》いた報酬は破格だった。ニンニク注射やビタミン注射を打つだけで、この高額報酬ならば最高のバイトである。まず、研修医時代ならば飛びついた。

しかし今、そんな暇はない。

「無理です」

氷川が毅然《きぜん》とした態度で拒絶すると、饗庭社長はがっくりと肩を落とした。

「……さようですか。注射の上手な先生を探していたので残念です。いつでもお声をかけてください」

お待ちしています、と饗庭社長は丁寧にお辞儀をした。哀愁が滲《にじ》みでているが、構ってはいられない。

氷川は気がかりな昭英の病室へ足早に向かった。祐の注意は覚えているが、あえて無視する。

鮮やかなチューリップが飾られた病室に入った途端、昭英がか細い声で言った。

「裕也くんのお……じゃない、氷川先生、僕のお母さんがずっと泣いている。慰めてくれよ」

昭英のベッドに顔を伏せ、嗚咽《おえつ》を漏らしている小柄な女性がいる。彼女が世間知らずだという昭英の母親の小枝のようだ。

「お母さんですか？」

氷川がこれ以上ないというくらい優しく声をかけると、ようやく小枝は涙に濡《ぬ》れた細《ほそ》面《おもて》を上げた。

昭英の可憐《かれん》な顔立ちは、母親から受け継いだらしい。櫛橋組長が見初《みそ》めたというのがよくわかる。高校生の息子がいるとは思えないくらい若い美女だ。

「……あ、あ、息子が……息子がこんなに悪いなんて気づかなかった……気づいて教えてくれた先生ですね……ありがとうございます……」

小枝は力なく立ち上がると、氷川に向かって腰を折った。昭英や典子から入院にいたった経緯を聞いているのだろう。

「お母さん、落ち着いてください」

「……私はずっと忙しくて……力太くんが生まれててんてこまいになって……昭英くんが

……昭英くんを近いからっていう理由で近所の病院に連れていった私が愚かでした……痔だって聞いたから安心してそのまま……」

ヤクザの愛人といっても、清和の実母とは正反対のタイプだ。ここで氷川が一言でも親の責任に触れたら、小枝は自分を責めるあまりどうなるかわからない。全精力を注ぎ、慈愛に満ちた微笑を浮かべた。

「お母さん、そんなに自分を責めないでください」

「……私のせいです……昭英くんに苦労ばかりかけて……昭英くんが死んだら私も死にますーっ」

消毒液の匂《にお》いのする病室でいったい何を言いだすのか、小枝の涙混じりの叫び声に血相を変えたのは息子の昭英だ。

僕は死ぬの、僕はそんなに悪いの、お父さんのところに行くの、と昭英の大きな目がゆらゆらと揺れている。

ここに典子がいたら小枝を叱《しか》ってくれたはずだ。残念なことに、今、典子の姿は見えない。おそらく、裕也と力太の面倒を見るために、橘高家に帰宅したのだろう。

「お母さん、縁起でもないことを言わないでください。あなたは昭英くんと力太くんの母親です。しっかりしてください」

氷川が医師として叱責《しっせき》を飛ばすと、小枝はおしゃぶりを咥《くわ》えている次男を思いだしたようだ。

「……あ、そうね。力太くんもいるんだわ。昭英くんに何かあったら、私と力太くんも一緒に死にますーっ」

小枝は大粒の涙をポロポロ零しながら、彼女なりの愛を宣言した。そして、そのまま背中から倒れた。

バタッ、という音とともに。

「……お、お母さん？　死んじゃいやだ。死なないで。僕をおいていかないでーっ」

昭英の張り裂けそうな絶叫の中、氷川は医師として動いた。

さしあたって、昭英の母親がどういう女性なのかは理解した。息子を深く愛していることは間違いない。

5

氷川《ひかわ》は昭英《あきひで》と失神した母親が心配で、明和《めいわ》病院に泊まり込んだ。魔女の叱責《しっせき》が耳に響くし、院内に潜む眞鍋《まなべ》組関係者の涙に濡《ぬ》れた目に非難されるが、動じたりはしない。氷川には医師としての自尊心がある。

当直の深津《ふかつ》と一緒に夕食の話をしていた時、アエバ製薬の社長である饗庭《あえば》社長とばったり出くわした。

いや、待ち伏せされていたとしか思えない。

「深津先生、氷川先生、よかった。紹介させてください。饗庭クリニックを任せている姪《めい》です」

医局でも噂《うわさ》になった、饗庭社長の姪は名門女子大のミスキャンパスだったという華やかな美女だ。医師免許は取得しておらず、純粋に経営者として饗庭クリニックを切り盛りしているという。彼女に頼み込まれ、饗庭クリニックでバイトをしている男性医師は多いそうだ。

「よろしかったら召し上がってください」

饗庭社長の姪に老舗《しにせ》の料亭の弁当を押しつけられ、氷川は戸惑ったが、深津はサラリと受け取る。

「ありがとう。いただきます」

今は深く踏み込む時ではないと判断したのか、饗庭社長と姪はにこやかに去っていく。弁当を手渡すことに成功したから万々歳なのかもしれない。

ちょうど若手整形外科医の芝貴史《しばたかふみ》が通りかかったが、饗庭社長と姪は挨拶《あいさつ》代わりの会釈をするだけだ。近寄ろうともしない。

芝はその怜悧《れいり》な美貌《びぼう》で深津と院内の人気を二分する医師だが、明和病院に出資している大手都市銀行の頭取の息子だ。お坊ちゃま医師の代表格が、小遣い稼ぎのバイトをする必要はない。

なんてわかりやすい、と氷川が心の中で零《こぼ》したことを深津は堂々と口にした。

「東都《とうと》銀行頭取のお坊ちゃまには声をかけないとは、饗庭社長はなんてわかりやすいんだ」

アエバ製薬の饗庭社長と饗庭クリニックの魂胆は明確だ。氷川は下心が込められた高級弁当に食欲が湧《わ》かない。

「深津先生、このお弁当を食べたら危険じゃありませんか？」

これが医局でも噂に上がる饗庭社長特注の高級弁当だ。

「氷川先生、庶民代表の俺にそんなくだらねぇことを言わないでくれ。弁当に罪はない。

食おう」

「確かに、お弁当に罪はありません」

伊勢《いせ》えびに鴨《かも》のローストに鰻《うなぎ》入《い》りの厚焼き玉子に鯛《たい》のおかき揚げに炙《あぶ》り穴子《あなご》の酢の物に蛤《はまぐり》と春野菜の重ね焼き、当然かもしれないが、老舗の料亭で特別に作られた松花堂弁当は格別だ。深津に饗庭クリニックの噂を聞きつつ、氷川は松花堂弁当を食べる。

とりあえず、何事もなく夜が明けた。

今日は外来診察がないので比較的、のんびりできる日だ。

業務をひとつひとつこなし、医局で昼食を摂《と》った後、データ室に向かって歩いていた。

すると、幻が見えた。いや、ここにいてほしくない男がいた。カチコチの頑固僧ならぬ美貌のエリート官僚だ。

眉目秀麗《びもくしゅうれい》な諏訪《すわ》がいるだけで、殺風景な院内の雰囲気が変わる。

「氷川くん、眞鍋から逃れるならば今だ」

諏訪の相変わらずの第一声に、氷川の白い頬《ほお》は引《ひ》き攣《つ》った。周囲に人がいないことが不幸中の幸いだ。

「諏訪先輩、僕は大丈夫です。本当に幸せですから気にしないでください」

「眞鍋組の動向に不審な点がある」

諏訪は厚生労働省のキャリア官僚であり、警察関係者ではない。本来、眞鍋組に対して目を光らせる必要はないのだ。

「たとえ、眞鍋に不審な点があっても諏訪先輩の仕事じゃありません。諏訪先輩の仕事は薬害関係の被害者を出さないことです。年金の被害者も出さないことです。労災の泣き寝入り被害者も増やさないことです。労災なのに会社側が揉《も》み消《け》して……」

氷川はそこまで捲《まく》し立《た》て、はっ、と気づいた。ちょうど、厚生労働省のキャリア官僚が入院中だ。

「……諏訪先輩、僕が担当している患者さんで岡田雅治《おかだまさはる》さんという厚生労働省の官僚がいます。毒殺されると思い込んでいるようです。いったい何があったのですか？」

一口に厚生労働省といっても大規模な組織だから知り合いの確率は低い。それでも、諏訪ならば何か知っているかもしれない。

「……岡田雅治？」

諏訪の氷の彫刻のような美貌は変わらないが、正義感に火がついたような気がしないでもない。

「ご存じですか？」

「連れていきたまえ」

氷川が諏訪を連れて、岡田の個室に向かおうとした時、兼世《けんせい》が足早に近づいてきた。小声で諏訪に耳打ちする。

諏訪は真顔で頷《うなず》くと、氷川に冷たい声で言い放った。

「氷川くん、急用ができたから失礼する。岡田雅治の件、私に任せたまえ」

諏訪は言うだけ言うと、悠々と去っていった。

呆気《あっけ》ない。

氷川は春の嵐《あらし》にでも遭遇したような気分だ。

「……諏訪先輩、あれはいったいなんだ？」

氷川が兼世の前で呆然《ぼうぜん》としていると、いつからいたのか、鉢植えの観葉植物の後ろにグレーのカーディガンを羽織った岡田がいた。今にも気絶しそうなほど、顔色が悪い。

「……あ、岡田さん？」

氷川が声をかけると、岡田は耳を澄まさないと聞こえないような掠《かす》れた声を発した。

「……ひ、氷川先生……諏訪広睦《ひろちか》……諏訪……あ、あの諏訪くんと知り合いですか？」

どうやら、岡田は諏訪を知っているようだ。

「はい、諏訪先輩は高校まで清水谷《しみずたに》学園でした。僕は大学からですが、先輩として尊敬しています。岡田さんも心配事があれば、諏訪先輩に相談してください。諏訪先輩ならば力になってくれると思います」

苛立《いらだ》つぐらい堅くて潔癖だが、だからこそ、諏訪を心から信じられる。彼のような高潔な役人が増えれば、さまざまな被害は減るだろう。氷川は不器用なまでに正義を貫く諏訪を嫌うことができない。

愛《いと》しい男に関する誤解には、ほとほと困り果てたが。

「……退院します……今日、退院します。どうか私のことは諏訪くんに告げないでください」

一瞬、岡田が何を言ったのかわからず、氷川は胡乱《うろん》な目で聞き返した。

「……え？」

「今すぐ、退院します。手続きは妻にさせます」

お世話になりました、と岡田は一礼すると、慌てたように走っていった。どこからどう見ても健康な人の走りっぷりだ。

あっという間の出来事だった。

ふたつめの嵐に遭遇した気分になる。

「……あ、あれは何？　あんなに入院させろ、長く入院させろ、ってごねていたのは誰？」

氷川が啞然《あぜん》とした面持ちで言うと、兼世は爽《さわ》やかな笑顔で言った。

「クロだ」

「クロ？　ブラックの黒？　それは何？」

「厚生労働省はだだっ広いが、麗しの諏訪先輩がクソ真面目《まじめ》で融通がきかないことは有名だ。食堂のおばちゃんも知っている」

諏訪の役人らしからぬ秀麗な容姿は、一度でも見れば忘れられない。ミスマッチの頑固一徹な性格とともに知れ渡っているのだろう。疑う余地はない。

「わかるような気がする」

「クソ真面目な諏訪先輩と氷川先生が繋《つな》がっていると知った途端、逃げたから岡田はクロだ。なんか、疚《やま》しいことがあるんだろう」

クロ、と岡田を称した意味が氷川にも理解できた。

他人ならば見逃してくれることや、隠蔽《いんぺい》してくれることも、諏訪ならば厳しく追及するかもしれない。岡田自身、後ろめたいことがあるから諏訪と関《かか》わりたくないのだ。

「……ああ、そういうことか……岡田さんは何かやったのか……」

だから毒殺されると怯《おび》えているんだ、と氷川は改めて岡田の言動を思い返した。いろいろと不可解な点はあったのだ。

「あのエリートさんは何をやらかしたのかな？」

「兼世くん……じゃない鈴木《すずき》くん、何か知っているの？」

「とりあえず、龍《りゅう》クンの機嫌を取ってください。氷川先生にしかできない仕事です」

諏訪がこうやって明和病院に乗り込んでくること自体、清和《せいわ》の神経を逆撫《さかな》でしているとしか思えないが。

「君は何か知っているんだね？」

「それより、岡田を退院させるんですか？」

「退院させる」

氷川は岡田の希望通り、スタッフに退院の指示を出した。夫に振り回される妻はやつれ果てていたが、優しい言葉をかけている余裕はない。

退院した患者より、入院している患者。

氷川は逃げるように退院した岡田を忘れたわけではないが、目の前には命を預かる患者がいる。

医師としての仕事をこなすだけだ。


医局で論文に目を通していると、外科部長が入ってきた。氷川は椅子《いす》から立ち上がり、足早に近寄る。

「おお、氷川先生、あの例の女子高校生みたいな男子高校生、昭英くんは潰瘍性《かいようせい》大腸炎だ」

外科部長に病名を告げられ、氷川はほっと胸を撫《な》で下《お》ろした。

「潰瘍性大腸炎？　大腸癌《だいちょうがん》じゃなかった……よかった……」

「綺麗《きれい》な母ちゃんとイキのいいお祖母《ばあ》ちゃんは泣いてたぜ」

潰瘍性大腸炎は難病に指定されている大病であり、一度かかったら生涯、治らないとされていた。小枝《こえだ》と典子《のりこ》が嘆くのも無理はない。

ただ、昨今、研究が進められ、以前ほど恐ろしい大病ではなくなった。氷川はそう認識している。

「……あ、悪い癖です。どうしても重篤な病気と比べてしまう」

医師として命に関わる重病人と接していると、どこか麻痺《まひ》してしまうのだ。氷川が自戒を込めて言うと、外科部長も同意するように相槌《あいづち》を打った。

「どこかの首相と同じ病気じゃないか、昭英くんは首相になれるぜ、と言ったらお祖母ちゃんに怒られた。いいお祖母ちゃんだな。お祖母ちゃんがあと十歳若かったらつきあいたい」

氷川には典子の激昂《げきこう》する姿が容易に浮かぶ。昭英に下された診断ではなく、橘高《きったか》に下された診断ならば、典子の反応はまた違っただろうが。

「それで昭英くんは？」

「当分の間、入院して絶食だ。大好物がチョコだって聞いたけど絶対に駄目だ。つまみ食いしないように氷川先生からも言ってくれ」

絶食して腸を休ませなければならないのに、隠れて洋菓子を食べたり、高級和牛の霜降り肉を食べたりする患者が後を絶たない。適切な処置を施しても、患者が指導を守ってくれなければ治るものも治らないのだ。

「僕からも一言入れます。今後ともよろしくお願いします」

「ああ、あの子は本当にいい子だな。今時、あんな子がいるなんてびっくりしたよ」

「はい、とてもいい子なんです。助けたい」

氷川は潰瘍性大腸炎について改めて知識を仕入れてから、昭英の病室に向かった。予想通り、付き添いの小枝は泣き続けている。

ベッドの昭英はお手上げといった状態で手を振る。

「お母さん、泣いている場合じゃありません」

もう氷川は小枝を優しく宥《なだ》めることに時間を割《さ》かない。彼女には難病患者の母としての自覚を促す。

「……氷川先生、昭英くんが何も食べられないなら私も食べません」

昭英は腸を休ませるため、当分の間、栄養はすべて点滴で摂取する。柔らかなお粥《かゆ》さえ、食べることは許されない。だからといって、母親まで絶食する必要はない。

「お母さん、なんの役にも立たないからやめてください。お母さんまで倒れたら目も当てられません」

「……昭英くんが可哀相《かわいそう》で……私が代わってあげたい……どうして私はこんなに元気なの……主人の時も私は気づいてあげられなかった……主人もずっと苦しんでいたのに……それでも私たちのためにお仕事に行って……昭英くんまで……なんて可哀相……大好きなザッハトルテも食べられないなんて……」

「お母さん、泣いている暇があったら潰瘍性大腸炎について勉強してください。これから、昭英くんには厳しい食事制限が待っています。食べられるものが本当に限られます。退院したら用意するのはお母さんですよ。誰が用意するんですか。赤の他人の典子さんに用意させるつもりですか」

氷川が母としての使命をこんこんと説くと、小枝はようやく正気を取り戻した。昭英のためにはどうしたらいいか、矢継ぎ早に質問される。本来、とても家庭的な女性のようだから、昭英の食事はどんなに手間がかかっても用意するだろう。問題は金だ。

「お母さん、ここまで踏み込んでお話ししてもいいのかわかりませんが、心配なので言わせていただきます。昭英くんの身体《からだ》のため、これからお金がかかります。どうされますか？」

氷川が躊躇《ためら》いがちに切りだすと、小枝は母親の顔で断言した。

「私が働きます」

小枝から身を粉《こ》にして働く決意が伝わってくる。

「櫛橋《くしはし》さんとはどうするつもりですか?」

「別れます」

ヤクザだなんて知らなかった、気づかなかった、と小枝は嗚咽《おえつ》を漏らした。力太《りきた》を産んで、認知の話が持ち上がるまで、櫛橋の素性に気づかなかったらしい。

「お母さん、あなたは昭英くんと力太くんのふたりの母親です。ふたりはあなたが守らなければならない。もっとしたたかになってください」

櫛橋に強引に口説かれ、流されるまま流され、妊娠して出産した女性だ。下手《へた》をしたら、櫛橋よりさらにタチの悪い男に騙《だま》されていたかもしれない。

「……氷川先生?」

「櫛橋さんからお金をたくさんもらってください。小枝さんが朝から晩まで働いても、ふたりを養うのは大変です。昭英くんには冷凍食品やレトルト、惣菜《そうざい》の見切り品も食べさせないでください」

櫛橋組長は金を出したがっている。橘高の友人に認知を頼んだのも、ヤクザをいやがった小枝の意見を尊重したからだろう。

「……あ」

小枝は初めて現実的な問題に気づいたらしい。

「母親なら強く逞《たくま》しく、誰よりもしたたかになって、ふたりの息子さんを守ってください。櫛橋さんが百万持ってきたら、倍求めるぐらい図々《ずうずう》しく」

それが昭英くんと力太くんのためです、と氷川は意志の強い目で断言した。

「……そ、それが昭英くんと力太くんのため……ためですか……櫛橋さんが無理やり置いていったお金を力太くんの保育園費に回すべきですか……力太くんは櫛橋さんにそっくりで……」

これがお母さんだよな、と氷川は頼りないながらも無償の愛を息子に注ぐ母をしみじみと眺めた。氷川が欲しくても得られなかった母の愛だ。

けれど、今、何物にも代えがたい愛を得ている。もはや母の愛を羨《うらや》んだりはしない。愛しい男の愛があればそれでいい。


仕事を終えて、氷川はショウがハンドルを握るメルセデス・ベンツで眞鍋組が支配する街に帰る。

車窓から眺める不夜城は、以前となんら変わらない。今でも清和が禁じた覚醒剤《かくせいざい》が売買されているのだろうか。

「ショウくん、今も眞鍋組のシマに覚醒剤の売人はいるの？」

麻薬取締官《まやくとりしまりかん》の兼世がそばにいる影響か、知《し》らず識《し》らずのうちに氷川の口から飛びだした。

「……あ、姐《あね》さん、頼みますから首を突っ込まないでください」

「覚醒剤をこの世からなくしたい」

なぜ、世の中にこんなに罪深いものが存在するのか、神がいるなら問《と》い質《ただ》したい気分だ。腹立たしくてたまらない。

「そんなの、二代目だって俺たちだってそうっスよ」

「覚醒剤撲滅のためには、兼世くんに頑張ってもらわないと駄目なのか」

兼世がさりげなく明和病院のスタッフたちから情報を聞きだしていることがわかる。明和病院に出入りしている製薬会社や医療器械会社の営業もチェックしているようだ。

「姐さん、マトリの肩を持つのはやめてください。それでなくても二代目がピリピリしているのに……」

兼世に神経を尖《とが》らせているのは、清和だけではないのだろう。運転席からなんとも言いがたい怒気が発散される。

「わかっているから」

「今夜、二代目は帰ることができないと思います」

ショウは言いにくそうに、今夜の清和の不在を告げた。清和を待ち続ける氷川を案じての一言かもしれない。

「綺麗な女の子の用事？」

「ほかの組の親分さんとのつきあいっス。変な考えは起こさないでください」

「変な考え、って何？」

氷川が不機嫌そうな顔で指摘すると、ショウはハンドルを握ったまま、前のめりになって唸《うな》った。

「……ぐっ……おとなしく部屋で寝てください」

「わかっている」

「姐さん、疲れていないんですか？」

楚々《そそ》とした美貌とは裏腹に氷川はタフだ。心身ともにタフでなければ務まらないのが医師である。

「清和くんが元気なら僕も元気だよ」

「姐さんが暴れたら二代目はくたばる……あ、元気じゃなくなります」

「僕は暴れていません。ただ仕事をしているだけ」

「姐さんの『暴れる』の基準が狂っているっス」

ショウらしからぬ言葉に、氷川は底意地の悪い策士の影を感じ取った。

「……それ、祐《たすく》くんが言ったんだね？」

「……魔女に聞いてくれっス」

ショウが逃げるように言ったので、氷川はあえてにっこりと微笑《ほほえ》んだ。

「じゃあ、祐くんに会いに行く。前の話の続きがしたい。祐くんのところへ連れていって……」

氷川の言葉を遮るように、運転席から金切り声が聞こえてきた。

「絶対にいやっス」

ピリピリピリピリピリピリリッ、としたものが運転席から痛いぐらい伝わってくる。氷川は呆気《あっけ》に取られてしまった。

「祐くんに直《じか》に聞け、って言ったのは誰？」

「……も、もうなんでもいいから、今夜はとっとと寝てくれっス」

明和病院に復職して以来、絶え間なく走り続けている気分だ。今夜はゆっくり風呂《ふろ》に入り、早めにベッドに入ると決めた。


翌朝、目覚めても、氷川の隣に愛しい男はいなかった。プライベートルームに帰ってきた形跡もない。

「清和くん、忙しいんだろうな」

氷川はキッチンで立ったまま、軽い朝食を摂《と》り、身なりを整える。

そして、ショウがハンドルを握る車で勤務先に向かう。卓《すぐる》が助手席に座り、スマートフォンを操作している。

「ショウくん、清和くんは今夜も帰れないの？　まさか、抗争？」

眞鍋組が支配する街で暮らしていながら、愛しい男の無事を確認できないと不安が募る。

「抗争のほうが楽っス」

ショウがハンドルを右に切りながら吐き捨てるように言った。瞬時に助手席の卓が小声で窘《たしな》める。

「……ど、どういうこと？」

氷川が驚愕《きょうがく》して上体を揺らすと、卓とショウの恐怖が車内に漂った。

「……魔女っス。二代目は魔女にシメられてます」

ショウの恨みのこもった声に、氷川は長い睫毛《まつげ》に縁取られた目を揺らした。祐は清和に命を捧《ささ》げている男だ。

「祐くんにいじめられているの？」

昨日、祐からそんな素振りは感じなかった。

「……あ〜う〜あ〜うぅ……ほら、二代目にそんな暇はねぇのに、誰かさんを追いかけて実家に帰ったじゃないっスか。あれで仕事の予定が大幅にズレ込んだんスよ。姐さんのせいっス」

「僕のせいなの？」

「今、二代目が奴隷みてぇに魔女に連れ回されている原因は姐さんの逃亡っス。せめて魔女がいる時に逃げだしてくれりゃいいのに」

「祐くんがいたら無理だったと思う」

そうこうしているうちに、うららかな春の陽《ひ》に包まれた明和病院が見える。ショウや卓は神経を尖らせるが、周囲に異常は見られない。

普段と同じ光景だ。

病院内も常となんら変わらない。

担当している入院患者の容態も安定している。昭英は外科部長の指示通り、厳しい絶食に励んでいた。可哀相だが、腸を休めるしかない。

若手外科医の深津が新聞を手に声をかけてきた。

「氷川先生、厚生労働省のエリート、ほら、あの岡田雅治さん、自殺したぜ」

一瞬、氷川は自分の聞き間違いかと思った。

「……え？」

厚生労働省の岡田雅治といえば、救急車で搬送されてきた患者だ。自殺に見せかけて殺されるという恐怖にとりつかれていた。

退院した途端、岡田は自殺したというのか。

「饗庭クリニックから賄賂《わいろ》をもらって、饗庭クリニックに対するクレームを揉み消したらしいぜ」

先日、氷川はアエバ製薬の饗庭社長から、破格の条件で饗庭クリニックに誘われたばかりだ。

「……饗庭クリニック？　あのアエバ製薬の饗庭社長がオーナーの饗庭クリニックですか？」

氷川は深津から差しだされた新聞の記事に目を通した。

「そうだ。俺と庶民仲間の麻酔科医をしつこくバイトに勧誘したオヤジ紳士だ」

だいぶ前から、饗庭クリニックでダイエットの効能を謳《うた》っていた特製の体質改善点滴は問題視されていたという。調査の結果、饗庭クリニック特製の体質改善点滴は、腎臓《じんぞう》や腸に負担のかかる成分が含まれていた。言わずもがな、饗庭クリニックで扱われている注射やサプリメントはすべてアエバ製薬のものだ。

「……ダイエットのための点滴で腸炎や腎臓障害？　その苦情を岡田さんがすべて揉み消していた？」

饗庭クリニックへのクレームが初めて入ったのは三年前だ。

岡田のほか、去年病死した部下とふたりで、饗庭クリニックに対するクレームを隠蔽《いんぺい》していたという。

その間、饗庭クリニックは自費診療でそれ相応の利益を叩《たた》きだしている。

「アエバ製薬の饗庭社長が岡田に強請《ゆす》られたことを自白している。揉み消してやるから金を寄越せ、だとさ。金を出せなきゃアエバ製薬も営業停止に追い込む、と脅《おど》されたらしいぜ」

岡田は自分の立場を利用して、アエバ製薬の社長である饗庭秀豊《ひでとよ》を強請ったという。饗庭社長は断ることができず、岡田に言われるがまま大金を渡し、その指示に従ったそうだ。

「あの岡田さんがそんなことを？」

俄《にわ》かには信じがたい。

が、信じないわけにはいかない。

「自殺に見せかけて殺される、ってエリートさんは騒いでいたけど、こんなことをやっていたらおかしくもなるさ。特製のダイエット点滴でいったい何人、腎臓を悪くしたんだ」

岡田が潔癖な諏訪を見て、即座に退院を決めた理由がわかった。もし諏訪が気づいたならば、岡田の罪は徹底的に暴かれるだろう。

「……ひどい。あってはならないことだ」

饗庭社長は即刻、六本木《ろっぽんぎ》の饗庭クリニックを閉院させた。特製ダイエット点滴の被害者の賠償に応じるという。

「特製ダイエット点滴っていっても、要は必要な栄養も尿や大便として全部流す薬だ。顧客の間では、痩《や》せるから人気があったみたいだ。馬鹿《ばか》かっ」

「アエバ製薬の薬に対する信頼がなくなりました」

氷川の記憶が正しければ、アエバ製薬の医薬品が疑問視されたことはない。堅実な製薬会社、というイメージがあったのだ。

「ああ、アエバ製薬の営業がお偉いさんを連れて院長に詫《わ》びた。なんか、院内をお詫び回りしているらしいぜ」

明和病院にはアエバ製薬の営業とともに重役が現れ、院長をはじめ副院長や各診療科の部長など、各所に謝罪している最中らしい。

「謝罪より、自社製品の再チェックを依頼したい」

「院長もそう怒鳴ったらしいぜ」

院長室から院長の怒鳴り声が響いてきたみたいだ、と深津は院長秘書から漏れた噂話を口にした。

「岡田さん、罪の重さに耐えかねて自殺ですか。もっと違う責任の取り方があったでしょうに」

岡田自筆の遺書があり、妻の沙織《さおり》と上司が筆跡を確認したという。自責の念に駆られた岡田の苦悩が綴《つづ》られていたそうだ。

「エリートさんらしい責任の取り方じゃねぇか？」

「無責任の極致です」

「ああ、自分のことしか考えていないんだ。あのおとなしい奥さんも気の毒に」

氷川の脳裏に岡田に献身的に付き添っていた妻が浮かんだ。彼女にかける言葉が見つからない。

「そうですね。いったいどこで自殺したのですか？」

「自宅のマンションから飛び降りた」

新聞記事には岡田がマンションの十二階から飛び降りたと綴られている。岡田は明和病院を退院した後、自宅に戻り、睡眠薬を飲んで寝た。妻は夫が深い眠りについたと安心したという。

妻も疲れ果てていたので、夫の隣で寝てしまったらしい。物音がして気づいた時、寝ていたはずの夫がいなかった。

夫はベランダから飛び降りていたのだ。

「自宅ですか」

よりによって自宅、それも奥さんが寝ている時に、と氷川の胸は痛んだ。

「奥さんはだいぶ前から岡田さんに振り回されて、疲れ切っていたんだ。電池切れで眠りこけても当然さ。気づかないのもわかる」

患者を支える家族がどれだけ大変か、深津のみならず氷川もよく知っている。夜、入院中の患者の容態が急変し、電話を入れても、疲弊のあまり気づかずに寝ている家族が少なくなかった。

「お気の毒に……」

「上司や同僚も岡田さんには困っていた、ってさ。殺し屋に命を狙《ねら》われている、と言う岡田さんには俺も参ったけど」

殺し屋だぜ、殺し屋、スナイパーか仕事人か、と深津は馬鹿にしたように手をひらひらさせた。二枚目の若手外科医は現実主義者だ。

「殺し屋ですか？」

「ああ、なんでも、岡田さんの命を狙っているのは金と権力がある奴《やつ》らしい。スペシャルな殺し屋が雇えるみたいだぜ」

深津が吐き捨てるように言った時、医局にアエバ製薬の営業と重役が謝罪のために現れる。手にはお約束のように菓子折りがあった。

世間の興味を引いているのは好感度の高いタレントと妻子持ちの人気俳優との不倫騒動

で、厚生労働省のキャリア官僚の罪にメディアはさして騒がなかった。

6

これといったこともなく、十日が過ぎた。自殺した岡田《おかだ》に関し、警察や厚生労働省など、どこからも問い合わせはなかった。気がかりだった昭英《あきひで》の経過も順調で、氷川《ひかわ》はほっと胸を撫《な》で下《お》ろす。

いつの間にか、兼世《けんせい》は氷川の専属担当看護師のようになっていた。何しろ、兼世の評判がすこぶるいい。

氷川がやっかいな常連患者の食生活を注意した後、すかさず、兼世が絶妙なフォローを入れる。それで高慢な常連患者が納得するから不思議だ。内科外来の看護師長は、なんの確認もなく、嬉々《きき》として氷川に兼世をつけた。

「俺と氷川先生は名コンビだそうです」

兼世のしたり顔が癪《しゃく》に障《さわ》るが、認めないわけにはいかない。けれど、同意するわけにもいかない。

たとえ、ふたりで仲良く肩を並べ、自動販売機の前でコーヒーを飲んでいても。

「明和《めいわ》のスタッフに不審な点はないんでしょう。そろそろ辞めてほしい」

氷川が兼世に退職を勧める理由は決まっている。

「龍《りゅう》クンのご機嫌なんか、パンツを脱げばすむじゃねぇか」

馬鹿《ばか》らしい、とばかりに兼世はコーヒーを飲み干した。ひょい、と紙コップをゴミ箱に向けて放り投げる。

氷川ならばゴミ箱に入らなかったかもしれない。コントロールがいいね、と褒《ほ》めかけたが、褒められない。

「……パンツの話は控えてください」

「どんなにブチ切れてもノーパンの嫁さんを見たら鎮まる、って小耳に挟みました」

「誰から聞いたの？」

氷川が横目で睨《にら》むと、兼世は爽《さわ》やかに笑った。

「文通友達」

「嘘《うそ》つき……ひょっとして、サメくんから何かあった？」

兼世が眞鍋《まなべ》組の関係者と繋《つな》がっていると仮定したら、影の諜報部隊《ちょうほうぶたい》を率いるサメだと踏んでいる。たぶん、裏で何か交渉しているはずだ。

「お遍路さんに変身したらしいぜ」

「……もうっ」

「氷川先生、ちゃんと龍クンの前でパンツを脱いでいますか？」

兼世に真顔で繰り返され、楊貴妃《ようきひ》と称《たた》えられた氷川の白皙《はくせき》の美貌《びぼう》が引《ひ》き攣《つ》った。コーヒーが残っている紙コップを握《にぎ》り潰《つぶ》しそうになる。

「……だ、だから、パンツの話はやめて、って言っているでしょう」

ここ最近、氷川は入浴時にしか、下着は脱いでいない。下着を盗まれた形跡もない。

「その分だとパンツを脱いでいませんね」

もったいぶらずに脱げよ、と兼世に忌々《いまいま》しそうに言われ、氷川の上品な唇が勝手に動いた。

「脱ぎたくっても、帰ってこない……」

言っちゃった、と氷川は慌てて口を手で押さえたが、兼世を誤魔化せるはずがない。食えない麻薬取締官《まやくとりしまりかん》の雰囲気が一変した。

「帰ってこないのか？」

指定暴力団とひとくくりにはできないが、清和《せいわ》は新しい眞鍋組を構築しようと躍起になっている。常に多忙を極めていることは、氷川もよく知っていた。予定外のことをすれば、甚大なる被害が出るはずだ。

「……ん、君のことだから知っていたんじゃない？」

ショウから馬車馬の如《ごと》く働いている清和について聞いていた。

「いつから帰ってこない？」

目まぐるしい日々に追い回されていても、氷川が清和とともに橘高《きったか》家から眞鍋第三ビルに戻った夜のことは覚えている。

清和に最後に抱かれた夜だ。

あれから一度も帰ってこない。ひょっこりと顔を合わせることもない。なんの連絡も入らない。氷川からメールを送っても、なんの返事もないのだ。もともと、メールを返すタイプではなかったが。

「君のことだから知っているんでしょう」

「若い男なら我慢できない」

いったい何を我慢できないのか、兼世に説明を請う必要はない。氷川の胸を苦しめる最大の種だ。

「……ど、どこかで誰か……若くて綺麗《きれい》な女の子と?」

清和の夜の相手をしたがる美女は星の数より多い。魅力的な据《す》え膳《ぜん》も用意されているだろう。

「モテモテだぜ」

その気がなくても目の前でパンツを脱がれたらヤる、と兼世は煽《あお》るように氷川の耳元で男の生理について囁《ささや》いた。

パンツ、という言葉に氷川の何かが切れる。

ゴージャスな監禁部屋、氷川が下半身を晒《さら》していたら清和は嬉《うれ》しそうだった。それだけは間違いない。

　どこかの美女が裸体を披露すれば、愛《いと》しい男は喜ぶのだろうか。……二十歳《はたち》の雄々しい男は喜ぶに決まっている。

「……許せない」

　グラマラスな美女にしなだれかかられた清和が脳裏に浮かぶ。心の底から湧《わ》き上《あ》がる嫉《しっ》妬心《としん》で体温が上昇するのがわかった。

「パンツを脱いで待つ、って泣きつけ。パンツ勝負をするしかねぇだろ」

　周囲に誰もいないからかもしれないが、兼世は完全に鈴木《すずき》浩《ひろし》という看護師の仮面を外していた。

「そうだね、パンツを脱いで誘惑しないと……って、何か企《たくら》んでいる？　そうだね？　何か僕に仕掛けているよね？」

　兼世の誘導に流されそうになったが、はっ、と氷川は我に返る。どこがどうとは言えないが、今の兼世は誰かのシナリオの登場人物のようだった。底の知れない男は不気味だ。

「意外とカンがいいな」

　ペロリ、と兼世は舌を出した。

「どういうこと？」

「実はこんな情報を入手した」

兼世が差しだしたスマートフォンのモニター画面には、若い美男美女のカップルが映っていた。ふたりは仲良く腕を組んでいる。

氷川は若い美男に見覚えがあった。

「……清和くんと誰？」

氷川は怒りのあまり、スマートフォンを叩《たた》き壊《こわ》しそうになったが、すんでのところで思い留まる。自分の所有物ではなく、兼世のスマートフォンだ。

「橘高顧問の兄貴分の娘とか」

橘高の兄貴分の娘という存在に、氷川の神経がささくれだった。祐《たすく》のお眼鏡にかなった二代目姐《あね》候補として、涼子《りょうこ》という兄貴分の娘がいた。

「……あ、清和くんのお嫁さん候補の涼子さん？」

「涼子さんとやらのマンションに連泊しているらしいぜ」

氷川が手にしたスマートフォンを兼世が横から操作すると、見知らぬマンションに入っていく清和が現れた。涼子に笑顔で見送られ、マンションから出ていく清和もいる。

「……浮気？」

涼子が清和を狙《ねら》っていることは、いやというぐらい理解している。眞鍋組にとって相応《ふさわ》しい二代目姐であることも承知している。どうしたって、氷川は二代目姐として正式の場で清和の隣には立てない。

「浮気になるのかな？」

浮気ではないのか。浮気でないなら本気か。兼世の意味深な口ぶりに、氷川の心が破壊された。

……破壊したかと思った。

「……ま、まさか、僕が浮気相手になるの？」

涼子が二代目姐として迎えられたら、氷川は二代目の囲われ者になる。清和の本宅は正妻がいる家だ。

「パンツを脱いで龍クンと話し合え」

「だから、帰ってこないんだ」

「龍クンと会え。このままだとマジでヤバいぜ」

「……っ、清和くん、とうとう……とうとう……」

清和の一途《いちず》な愛は疑ってはいない。ただ、その立場から姐が必要であることはよくわかっている。今回、典子《のりこ》に助けてもらって改めて実感した。眞鍋組の構成員たちが揃《そろ》いも揃って典子を慕うわけは、姐としての役目を十二分に果たしてきたからだ。典子なくして、眞鍋の実質的な大黒柱である橘高はいない。

「ずっと眞鍋のシマにいたら会えるんじゃねぇか？」

裸エプロンでずっと待っていろ、と兼世はいつになく真顔で続けた。揶揄《からか》っている気配は毛頭ない。

本気だ。

これ以上ないというくらい本気で裸エプロンを勧めている。

「仕事がある」

裸エプロンで愛しい男が戻ってくるのか、パンツの次はエプロンか、氷川に悩む余裕はなかった。

「仕事、考えろ」

「清和くんが追われたら僕が養う。仕事を辞めるわけにはいかないんだ。もう二度と清和くんにひもじい思いはさせない。あの子はお腹《なか》が空いたからって雑草を食べていたんだよ。ゴミ箱を漁《あさ》っていたこともあった」

氷川が在りし日の清和を思って爆発しかけた時、院内用の携帯電話が鳴り響く。応じると、医事課医事係の主任である久保田《くぼた》薫《かおる》の声が聞こえてきた。

『氷川先生にご挨拶《あいさつ》したいという岡田沙織《さおり》さんがいらしています。亡《な》くなった患者さん、岡田雅治《まさはる》さんの奥さんだそうです』

岡田雅治といえば、厚生労働省のキャリア官僚という立場を利用して私腹を肥やし、自責の念に駆られて自殺した患者だ。長期入院を要求していたが、氷川が孤高の聖人の如き諏訪《すわ》の後輩だと知ると、逃げるように退院した。

妻の沙織はいかにもといった控えめなタイプで、夫に従順に尽くしていた。岡田を担当した病棟の看護師が同情していたものだ。

「伺います。外来の総合受付ですね？」

氷川は電話を切ると、沙織がいるという総合受付に向かった。後ろから軽い足取りで兼世も追いかけてくる。

「……兼世……じゃない、鈴木くん、どうして君まで来るの？」

氷川が事務的な声音で尋ねると、兼世は青い空を連想させる笑顔を浮かべた。

「氷川先生と俺は名コンビです。離れたくないんですよ」

「何が狙い？」

「総合受付に気になる美女がいます」

「医事課には綺麗なスタッフが多いけど……」

カウンター式の総合受付も隣の薬局も、患者はまばらで、午前中の喧騒《けんそう》が幻のように静まり返っている。

久保田は氷川の姿を見た途端、子供のように邪気のない笑みを浮かべた。感じのいいスタッフであり、氷川のお気に入りだ。

「久保田主任、岡田沙織さんはどこにいらっしゃいますか？」

氷川は久保田とゆっくり話をしたい気分だが、今はそういう時ではない。用件をすませてからだ。

兼世は総合受付の女性スタッフたちに歓喜の声で迎えられた。

「きゃあ、鈴木くん、ちょっといい？」

「鈴木くん、ちょっといい～っ」

「いつ見てもかっこいいわね。少しだけならいいよね？」

「私、久しぶりに男を見たわ。もう毎日、女ばっかり……」

外科部長が狙っている美人スタッフが、あからさまな態度で兼世の腕を引っ張る。あれよあれよという間に、兼世はカウンター式の総合受付の奥にある医事課医事係の部屋に連れていかれた。おそらく、お茶と菓子でも振る舞われるのだろう。

「……お、おい……おい……女ばっかりって俺は男だぜ……俺に対する態度と全然違うぜ……」

久保田は奥を見ながら独り言のようにポロリと零《こぼ》す。独身でありながら、女性スタッフに男扱いしてもらえない男の悲哀が込められている。

「久保田主任、相変わらず……で、岡田沙織さんは？」

久保田主任も感心するぐらい同じだ、まったく変わっていない、と氷川がにっこり微笑《ほほえ》むと、久保田は恥ずかしそうに頭を掻《か》いた。

「……すみません。岡田沙織さんはあちらです。グレーの服を着た美人」

久保田が手で示した先、総合受付の前の黒い待合椅子《まちあいいす》には地味なツーピースを身につけた沙織がいた。

すぐに氷川に気づいたらしく、慌てたように立ち上がる。

「このたびはご愁傷様でした」

氷川は深々と頭を下げた沙織に優しく声をかけた。日本人男性が好きそうな淑女が、痛々しいぐらいやつれている。

「氷川先生、本当にお世話になりました」

氷川は沙織の憔悴《しょうすい》ぶりに、内科医としてのアンテナが反応する。

「奥さん、寝ていますか？」

「……もう、主人が……まさか、主人があんなことを……」

沙織がどれだけショックだったたか、確かめなくてもわかる。今でも悲しみが癒《い》えていないらしく、大粒の涙をポロリと零した。

「新聞で知りました。驚きました」

岡田の自殺を忘れていたわけではないが、氷川の脳裏を占めていたのは帰宅しない清和だ。内科医としての意識は、自殺したキャリア官僚ではなく、問題を起こした饗庭《あえば》クリニックやアエバ製薬の製品に注がれていた。氷川自身、饗庭社長から直々に饗庭クリニックに誘われていたからだ。

「……私はもう何がなんだかわからず……あっという間に時間が過ぎていきました。氷川先生にはご迷惑をおかけして、本当に申し訳ありませんでした」

こうやって挨拶に来る遺族は滅多にいない。死因が死因だけになおさらだ。氷川は律儀な沙織に感心した。

「いえ、御丁寧に」

氷川が軽くお辞儀をした時、男子トイレから白髪頭《しらがあたま》の紳士が出てきた。足早にやってきたと思うと、沙織の隣に立ち、一礼する。

沙織の紹介により、白髪頭の紳士が亡き岡田の上司だと知る。土肥茂《どいしげる》、典型的な厚生労働省のキャリア官僚だ。

「……その、氷川先生、主人は氷川先生におかしなことを口走っていました。覚えていらっしゃいますか?」

沙織は言いにくそうに、亡き岡田の明和病院での言動について言及した。自殺に見せかけて殺される、と騒いでいたのだ。

事実、岡田は自ら命を絶った。

「……はい」

氷川が感情を込めずに返事をすると、沙織と土肥は顔を見合わせ、それぞれ辛《つら》そうに溜《た》め息《いき》をついた。

「……今だから、今だから言えますが、あの頃から主人は精神的に不安定でおかしなことばかり口にしていました。自分はウィーン・ハプスブルク家の末裔《まつえい》だの、宇宙人の存在を各国VIPが隠しているだの、自分も宇宙人の存在の隠蔽工作《いんぺいこうさく》に携わったから命を狙われているだの……主人は本気でそう思い込んでいたみたいです。土肥さんにもそういったことを言っていたらしくて……」

沙織から並々ならぬ苦悩が伝わってきて、氷川には言うべき言葉が見つからない。ただ、無言で流すことはできない。

「そうだったんですか」

「……それで、主人は氷川先生のところに変なお手紙を出していませんか？」

沙織は苦渋に満ちた顔でいきなり何を言いだすのか、想定外の質問に氷川は綺麗な目を丸くした。

「……は？　岡田さんからですか？　何も届いていませんが？」

氷川が手を振ると、沙織はハンカチで目頭を押さえた。

「主人の被害妄想がひどくなって、自殺に見せかけて殺されるとか、どこかの組織に始末されるとか、ありもしないことをお手紙にしたため、送っているかもしれません。もし、主人から何か届きましたら開封せずにご一報ください。お詫《わ》びに参上します」

岡田が自殺する前、どんな様子だったのか、沙織の表情からなんとなく想像できる。氷川は温和な笑みを浮かべ、心配無用とばかりに大きく頷《うなず》いた。

「わかりました。御丁寧にありがとうございました」

「本当に申し訳ありません。主人は亡くなる直前……その……本当に……本当に手がつけられなくて……」

沙織に同意するように土肥が苦渋に満ちた顔で頷いた。どうやら、岡田は職場でも言動に問題があったようだ。

そういえば、と氷川は新聞記事を思いだす。岡田の情緒不安定は職場でも指摘されていた、と。上司が必死に庇《かば》っていた、と。上司が庇えなくなって休職を勧めたものの拒否された、と。無理やりに休ませた、と。

「わかっています。わかっていますから」

「主人にも主人のプライドがあったと思います。最期《さいご》のプライドを守ってあげたいので、何か主人から届きましたら中を見ないでください」

亡き岡田の最期のプライドがどんなものか、ここで嗚咽《おえつ》を漏らしている妻に確かめたりはしない。隣で悲嘆に暮れている土肥を見ればなんとなくわかる。

「わかっています。岡田さんから何か届きましたら、開封せずに奥さんに連絡します。任せてください」

氷川は宥《なだ》めるように沙織の肩を優しく叩いた。

何度も頭を下げる沙織と土肥を見送った時、総合受付には夕陽《ゆうひ》が差し込んでいた。すでに定時だ。

カウンター式の総合受付の奥にある医事課医事係では、兼世が女性スタッフたちに囲まれ、逃げだせないらしい。

「氷川先生、あの奥さんはここに来る時もフラフラして、隣の男に支えられていました。大丈夫ですか？」

沙織がカウンター式の総合受付に現れた時、久保田は具合が悪い患者だと間違えたらしい。受付時間は過ぎていたが、診療科にねじ込む気だったそうだ。

「旦那《だんな》さんが亡くなってショックだったんだろう」

「あんなに綺麗で優しい奥さんを残して死ぬなんて……もったいない……」

久保田の言葉遣いに、氷川は仰天して目を瞠《みは》った。

「もったいない？」

「……あ、不謹慎でした。すみません」

やべっ、と久保田は高校生に間違えられる顔を歪《ゆが》めた。

「……うん、久保田主任の言いたいことはわかる。岡田さんの取った行動は間違っていた」

氷川が厳しい声音で言うと、久保田も同意するように相槌《あいづち》を打った。

「アエバ製薬の饗庭社長も気の毒だって聞きました。饗庭社長も饗庭クリニックもクレームがあった時点でちゃんと対処するつもりだったって」

明和病院内にしろ、清水谷《しみずたに》学園大学関係にしろ、ほかの医療施設にしろ、アエバ製薬を非難する声は少ないという。事件が発覚した途端、すぐに饗庭クリニックは閉院したし、今もアエバ製薬のスタッフが一丸となって謝罪回りをしているからかもしれない。医局のデスクには毎日、アエバ製薬のお詫びゼリーや羊羹《ようかん》がある。

「それは僕も聞いた」

饗庭社長にひとしきり同情したのは、女癖の悪い外科部長だ。どうも、過去に女子大生との合コンをセッティングしてもらったらしい。

「饗庭社長はうちにも声をかけてくれますが、本当に優しい社長ですよ。差し入れも最高に美味《うま》い」

「医事課に差し入れ？」

「医事課まで気にかけてくれる人は滅多にいません。優しい社長だから、お役人につけ込まれたのかな」

しばらくの間、氷川は久保田と会話を交わしたが、いつまでものんびりしていられない。足早に病棟に向かうと、入院患者を診《み》て回《まわ》った。

回診を終えて医局に戻る際、氷川は自分名義のボックスを見た。それぞれ、医師宛《あて》の書類や郵便物が入れられているのだ。

総務部からの文書や購買部からのお知らせに混じり、先輩医師からの転院挨拶の手紙がある。

あれ、と氷川はなんの変哲もない茶封筒に目を留めた。

「……田中聡《たなかさとし》？　清水谷学園大学医学部の同期生？　誰だ？」

差出人に覚えはないが、清水谷学園大学の同期生らしい。再度、宛名が自分であることを確認し、氷川は自分のデスクに持っていく。

封を開けると、メモと一緒にメモリが同封されていた。

「……えーっと『氷川諒一《りょういち》くん、君の喜びは僕の喜び、君の悲しみは僕の悲しみ……君と同じ学《まな》び舎《や》で机を並べた日々は僕にとって人生最高の宝です。後は同封しているメモリで……』え？　同窓会か？　何だ？」

ああ、この熱さ、この暑苦しい青春フレーズは清水谷の関係者だ、と氷川は覚えのない名前を改めて見た。

清水谷学園は旧制中学の名残《なごり》が強く、今でも中等部と高等部は頑《かたく》なに全寮制を取り、おしなべて内部生は熱い。まさしく、旧制中学時代と同じように、友人の喜びは自分の喜びであり、友情を何よりも大切にする。先輩は敬うし、後輩は可愛《かわい》がる。世知辛《せちがら》い現代、陰惨ないじめによる自殺者がない所以《ゆえん》だ。

タイミングよく、医局には誰もいない。

氷川は自分のパソコンにメモリを差し込んだ。

そして、驚愕《きょうがく》して椅子から転げ落ちそうになった。ガタッ、とすんでのところで体勢を立て直す。

清水谷学園大学の関係者ではない。

自殺した岡田雅治からの最期のメッセージだ。

「……え？　え？　え？　岡田さん？　厚生労働省の岡田さんだな？　……あ、これが奥さんや土肥さんが言っていた手紙なのか？」

定時前、氷川は総合受付の前で岡田の妻の沙織と上司の土肥に会ったばかりだ。亡き岡田から何か送られてくるかもしれないと聞いた。中を確認せず、そのまま沙織に渡す約束をしたのに。

『氷川諒一先生　これが氷川先生の手元に届いたのならば、この世に私はいないでしょう。どんな死に方をしているのか不明ですが、私が自殺という人生の終焉《しゅうえん》を選ばないことは確かです。まず、偽名を使ったこと、ご容赦願いたい。信頼できる事務所で、私に不測の事態があれば、発送される手続きを取りました。本名だとどんな妨害が入るかわからないからです。まず最初に私の罪を告白します。私は上司である土肥茂の指示により、約三年間、饗庭クリニックに対するクレームを隠蔽し続けました。アエバ製薬の饗庭秀豊《ひでとよ》社長の強引な接待を受け、賄賂《わいろ》を押しつけられました。金で己の正義を売り渡しました。万死に値する罪だと、恥じ入るばかりです』

いったいこれはどういうことだ、と氷川は息を呑《の》んだ。依頼人の死後に発送する、という事務所や会社があることは氷川も知っている。

岡田は自殺する前、このメッセージを作成し、そういった機関に託したというのか。どうして救急で運ばれた病院の担当医に送りつけたのか。いや、岡田は自殺する前、精神的に不安定だったと、妻の沙織や上司の土肥から聞いた。このメッセージが真っ赤な嘘なのか。

とりあえず、最後まで、と氷川は気を取り直す。

『饗庭クリニックの患者は金に余裕のある自由業者が多く、即効性と目に見える効果を求めるそうです。饗庭クリニック特製の各種点滴、特にダイエット目的の点滴が危険であっても、即効性と効果が認められればクレームは入りません。ただ重篤な腎臓《じんぞう》障害を発症したら話は変わります。私は初めてクレームを受けた時点で饗庭クリニックの杜撰《ずさん》な経営状況を調べました。饗庭社長の姪《めい》が安全性を完全に無視し、利益重視で営んでいます。饗庭クリニックを退職した元スタッフによれば、顧客には覚醒剤《かくせいざい》中毒者が多く、暴力団から入手した覚醒剤を販売しています』

覚醒剤、と氷川は氷水を浴びせられたような気がした。天と地がひっくり返っても、あってはならないことである。

『日に日に饗庭クリニックに対するクレームが増えますが、私は上司の指示で、隠蔽工作に腐心するだけでした。しかし、覚醒剤まで扱われているとなればもう猶予はありません。私は饗庭社長に饗庭クリニックの閉院を強く勧めました。けれど、いつの間にか、私が職場で重度の鬱病《うつびょう》患者ということになっており、上司に強制的に休職させられ、饗庭社長が携わっている病院に入院させられそうになりました。私は命の危険を察し、妻の実家に飛び込みました。夜中に胃が痛み、救急車で明和病院に運ばれた次第です』

氷川は救急車で運ばれた時の岡田を眼底に再現した。このメッセージが真実なら、納得できる言動だ。

『善良そうな氷川先生と評判のいい明和病院で、今後について考えるつもりでした。氷川先生が厚生労働省の諏訪広睦《ひろちか》と交流があると知り、己の罪の重さゆえ、逃げるように退院してしまいました。あの時、氷川先生の助言に従い、諏訪広睦に相談していたら、私は罪に問われても、この世に生きていたかもしれません。おそらく、私はすべての罪を背負わされ、自殺に見せかけて殺されるでしょう。厚生労働省にしても、私ひとりの罪として処

理したいはずです』

兼世が指摘した通り、岡田が諏訪を見た途端、血相を変えたのは自身に疚《やま》しいところがあったからだ。

『私の最期の良心です。饗庭クリニックの悪を暴いてください。饗庭社長と姪はダイエット点滴と覚醒剤売買の利益に味を占め、饗庭クリニックを閉院しても、また違うクリニックをオープンさせるでしょう。あの諏訪広睦ならばどんな妨害にも怯《ひる》まず、すべてを暴いてくれると思います。どうか、氷川先生、諏訪広睦に伝えてください』

そういうことか、と氷川は速くなる心臓の鼓動を鎮めるように深呼吸をした。手がじんわりと汗ばんでいる。

『妻にも同じメッセージを託しましたが、妻は世間を知りません。上司に利用される様子が目に浮かびます。また、下手《へた》に妻が動いても、命を落としかねない。私は心の底から妻を愛していました。饗庭社長の賄賂に屈したのは、妻に贅沢《ぜいたく》をさせてやりたい一心からでした。定年後に約束していた世界一周のクルーズ旅行ができなくなったこと、私の代わりに詫びておいてください』

妻の沙織に対する深い愛と氷川に対する謝罪が続いた後、三年前から岡田が隠蔽してきたクレームの内容のデータがアップされた。

饗庭クリニックの内情を提供してくれた元スタッフの名前も綴《つづ》られている。饗庭社長と関係のある暴力団の恐ろしさも記されているが、暴力団名まではない。岡田自身、どこの暴力団か知らないのだろうか。

ふと、氷川の心に冷風が吹きつけた。

「……これ、本当かな？」

自分が内科医として働いているからかもしれないが、どう考えても正規の医療施設で覚醒剤売買が行われるとは思えない。饗庭クリニックの医療スタッフは全員、ちゃんと資格を取得しているはずだ。月に一度のバイトであれ、それ相応のステイタスのある大病院の医師が饗庭クリニックの診察を受け持ったという。氷川自身、饗庭社長直々に饗庭クリニックに誘われている。まともな医師ならば、覚醒剤売買や覚醒剤中毒者に気づくはずだ。もっと早く、饗庭クリニックの罪は白日《はくじつ》の下《もと》に晒されていただろう。

「……もし、岡田さんのこのメッセージが事実ならどうして今までバレなかった？　岡田さんひとりで隠すのは無理……岡田さんと上司だけで隠すのは無理だ……饗庭クリニックはとっくの昔に業務停止になっているはず……」

氷川の耳に涙混じりの沙織の声が木霊《こだま》した。このメッセージすべてが岡田の妄想かもしれない。

「……妄想のほうがしっくりする……しっくりするな……」

氷川は饗庭社長による接待のデータを見た。上司の仕事に同行したら饗庭社長の接待だったと、岡田はコメントしているが、なんともはや胡散《うさん》くさい。どうしてこんなに何回も同じ手に引っかかるのだ。岡田自身、接待だとわかっていながら上司に同行したのではないか。そもそも、上司の土肥茂による指示なのか。

「……今回の一件、上司の土肥茂の罪は問われていない」

これは真実なのか、大嘘なのか、氷川にはまったく判断がつかない。ただ見て見ぬふりはできない。

何より、嘆き悲しんでいた沙織さんが哀れだ。

「……沙織さんのためにはどうしたらいい？　何も届かなかったことにするのが一番いいのか？　一応、告げたほうがいいのか？」

氷川は思案した結果、沙織の携帯電話の番号を鳴らした。亡くなった岡田が妻を愛していたことは間違いないからだ。

岡田の最期の沙織への愛の言葉を届けたかった。

何をしていたのか不明だが、沙織はワンコールで応対してくれる。泣き続けているのか、涙混じりの声だ。

氷川は優しい口調で亡き岡田から郵便物が届いたことを告げた。差出人が清水谷学園関係者と記載されていたので開封してしまったことも明かす。

一瞬、沙織は言葉に詰まった。

もっとも、すぐにさめざめと泣きだす。

『……も、申し訳ありません……主人のことですからおかしなことを……ありもしないことをたくさん……以前の主人はあのような主人ではなかったのですが、いつの間にか、おかしな妄想に取り憑《つ》かれて……NASAの依頼による殺し屋の話もありましたか？』

いったいどこまで岡田の妄想が飛んでいたのか寒気がするが、ここで最期のメッセージの内容を口にしないほうがいい。

「……お渡しします。送りましょうか？」

『ご迷惑でなければ受け取りに参ります。今、実家にいますので』

「ああ、僕は今から帰宅します。よければ、タクシーで寄りますよ。門の前で待っていてください」

氷川は沙織と待ち合わせると、岡田からの郵便物を持って医局から出た。ロッカールームで白衣を脱ぎ、タクシーを呼んだ。

すぐにタクシーはやってきて、氷川は夜の帳《とばり》に覆われた明和病院を後にする。付近に広がる瀟洒《しょうしゃ》な高級住宅街が視界に飛び込んできた。

沙織の実家は『治外法権』と真《まこと》しやかに囁かれる世界的な大企業の社長宅が並ぶ区域ではなく、まだ比較的控えめな邸宅が並ぶ場所にあった。アールデコ調の門の前でクリーム色のカーディガンを羽織った沙織が立っている。

あの家だ、と氷川は後部座席から運転手に声をかけた。

「運転手さん、荷物を渡すだけです。停《と》めてください」

タクシーが停まり、氷川は後部座席から降りた。

「氷川先生、申し訳ございません。本当に申し訳ございません。どうお詫びしたらいいのか……」

沙織は涙目で何度も頭を下げる。

「構いません」

氷川はその場で郵便物を手渡し、すぐにタクシーに戻ろうとした。けれど、沙織の背後に立っていた男が、タクシーの運転手にタクシーチケットを渡し、帰らせてしまう。

これらはあっという間の出来事で、氷川が瞬《まばた》きをする間もなかった。何より、沙織の隣にいた男に仰天した。

亡き岡田の上司だった土肥茂だ。

「……土肥さん、でしたね？」

どうしてこの場に土肥がいるのか。厚生労働省の内部事情に詳しくはないが、こういうものだろうか。

「氷川先生にご挨拶させていただいた後、沙織さんに夕食をご馳走《ちそう》になっていました。辞退せずによかったです」

　土肥がこの場にいる理由は納得できるが、どうも釈然としない。脳裏に亡き岡田の最期のメッセージが浮かんだ。

　もし、亡き岡田のメッセージが真実ならば、黒幕は上司である土肥だ。岡田が危惧《きぐ》していた通り、世間知らずの沙織が騙《だま》されているのかもしれない。もし、そうならば、沙織が危ない。

　……危ないのだろうか？

「……そうですか」

　氷川が温和な笑みを浮かべると、沙織が縋《すが》るように腕に触れてきた。

「氷川先生、夕食はおすみですか？　うちで召し上がってはくださいませんか？」

　スッ、と氷川はさりげなく沙織の手から離れる。

「いえ、そういうわけには参りません。実はこれから予定があります」

　清和《せいわ》の女性関係を問《と》い質《ただ》す大切な仕事がある。このまま真《ま》っ直《す》ぐ、眞鍋組総本部に乗り込むつもりだった。

「こんなにお世話になっていながら、お茶の一杯も出さずにお帰ししたとなれば、亡き主人に怒られます。お茶の一杯だけでも飲んでください」

　沙織の隣にいた土肥がいつの間にか、亡き岡田のメッセージを手にしていた。土肥が黒幕なのか。沙織は土肥に丸め込まれているのか。土肥と沙織の距離が近いのではないか。

『沙織は一度も社会に出たことがありません。土肥に騙され、利用され、私のように始末されることのないように守ってください。図々《ずうずう》しいお願いですが、今の私には氷川先生以外に託す相手がいません』

岡田の妻に対する想《おも》いの文面が、氷川の脳裏にインプットされている。スーツのポケットから携帯電話を取りだした。

「……今夜の相手に連絡をさせてください」

氷川が携帯電話を操作しようとしたが、沙織に手を引かれ、アールデコ調の門の中に入る。そのまま、洒落《しゃれ》た屋敷《やしき》内に進んだ。

広々としたエントランスに一目で高価とわかるインテリアがあり、氷川が監禁されていた豪華絢爛《ごうかけんらん》な部屋とはまた違った趣がある。

フランス映画に登場するようなリビングルームに通され、氷川はセンスのいいソファに腰を下ろした。

テーブルを挟んだ前方には土肥が座り、沙織はキッチンでお茶の用意をしている。ご家族は出かけているようだ。壁に飾られているタペストリーは沙織の力作らしい。

「氷川先生、中身をご覧になりましたか?」

土肥に悲痛な面持ちで尋ねられ、氷川は軽く頭を下げた。

「同級生からの連絡だと思って見てしまいました。申し訳ない」

「……そうですか。ご覧になったのですね」

土肥から凄絶《せいぜつ》な悲哀が発散され、氷川は感情を込めずに肯定した。

「驚きました。土肥さんにも送られてきたのですか？」

岡田の上司はどう出るか、と氷川は大きな溜め息をついている土肥を観察した。

「私には何もありません。沙織さんに届いたものを見せていただきました」

土肥と沙織はそんなに近いのか、亡き夫は世間知らずの妻に注意しているはずだ、と氷川はどうにもこうにも釈然としない。

「沙織さんから見せてもらったのですか？」

「沙織さん、亡くなったご主人から想定外の郵便物を受け取り、ひどいショックを受けたようです……」

土肥は一呼吸置いてから沈痛な面持ちで続けた。

「氷川先生へのメッセージも宇宙人に関する記述がありましたか？　宇宙人と交流を持ち、人間の寿命を三百歳に延ばす情報を得たから、アメリカかＥＵの諜報機関に抹殺されているだろう、とか？」

亡き岡田は妻への最期のメッセージに、荒唐《こうとう》無稽《むけい》な宇宙人の話を入れていたという。氷川はポカンと開いた口を慌てて動かした。

「……い、いえ、そういったことは」

「地球にいる宇宙人に関する話と一緒に私のこともいろいろとありましたが……それで沙織さんが驚いて私に相談してくれたのですが……私も驚きました。前々から私のことをよく思っていなかったのは知っていますが、まさか、ここまでとは……いえ、去年まであのようなことはありませんでした」

土肥は苦しそうに俯《うつむ》くと、つらつらと独り言のように連ねた。亡き部下の最期のメッセージに頭を抱えている。

やはり、亡き岡田がおかしいのか。氷川に送られてきた最期のメッセージは亡き岡田の妄想か。

ちょっと待て、土肥さんは本当のことを言っているのかな、と氷川は土肥の言葉を信じかけた自分を止めた。今の時点で土肥の言葉をそのまま鵜呑《うの》みにするのは危険だ。妻子持ちの医師が独身と偽るのと同じように、真っ赤な嘘を並べ立てているのかもしれない。沙織の表情を見たいが、彼女はキッチンだ。この部屋の話し声がキッチンにまで届いているとは思えない。

「去年ですか？」

氷川は細心の注意を払って土肥を観察した。

「去年の今頃から段々おかしくなって……半年前からは完全に……良心の呵責《かしゃく》でおかし

くなったのでしょう。私は岡田くんが饗庭クリニックに対するクレームを揉《も》み消《け》しているとは気づかなかった。監督不行き届き、まったくもって面目ない」

亡き岡田のメッセージによれば、饗庭クリニックで覚醒剤を取り扱っていることに気づいたのは半年前だ。直後、饗庭クリニックの閉院を強く進言したという。時系列に並べられたデータもインプットされていた。

「僕は内情に詳しくないから不思議ですが、あれだけのクレームを岡田さんひとりで隠せるものですか？」

「岡田くんは巧妙でした。私もほかの部下もすっかり騙されたのです。……いえ、問題は私です。岡田くんは仕事熱心な真面目《まじめ》な部下で、私は信頼しきっていました」

土肥が苦しそうにうなだれた時、沙織が銀のワゴンで弁当とお吸い物を運んできた。家政婦はいないようだ。

「土肥さんには主人が多大なるご迷惑をかけました。申し訳なくて、本来ならば合わせる顔がありませんのに、土肥さんは親身になってくださいますの」

どうか召し上がってください、と沙織は土肥に感謝を述べながら氷川の前に豪華な弁当を置いた。

「奥さん、ご馳走になるわけには……」

氷川は辞退しようとしたが、用意された松花堂弁当に目を瞠《みは》った。アエバ製薬の饗庭社長の差し入れの高級弁当だ。確か、饗庭社長は自社の差し入れだとアピールするため、老舗料亭にオリジナルの特別メニューで季節ごとの弁当を注文していた。

鴨《かも》のローストに鰻《うま》巻きに鯛《たい》のおかき揚げに、と氷川は深津《ふかつ》と一緒に食べた高級弁当のおかずや配置を思いだす。

記憶に間違いがなければ、目の前の弁当は饗庭社長特別注文の松花堂弁当だ。

「ちょうど料亭から取り寄せたお弁当が残っていましたの。召し上がってください」

「……美味《おい》しそうなお弁当ですね。どこの料亭ですか？」

予想していた通りの料亭の名前が、沙織の上品な口から飛びだす。これはいったいどういうことなのだろう。

饗庭社長による特注の弁当は、ほかの誰かが注文しても手に入るのか。いや、手に入らないはずだ。誰もが簡単に入手できたら、饗庭社長のアピール効果が半減する。

「奥さん、饗庭社長や饗庭クリニックの関係者とお会いになられましたか？」

これは饗庭社長の下心入り弁当だ、どうしてここにあるんだ、饗庭社長と奥さんは面識があるのか、と氷川の思考回路が急ピッチで作動した。

「……まさか……一度もお会いしたことはありません」

「一度も会ったことがないのですか？」

「はい。私は主人が陰で何をしていたのか、まったく気づかなかった愚かな妻です。キャバクラに通っていたことも知りません」

メディアによれば、亡き岡田が饗庭社長にキャバクラ接待を要求したという。お目当てのキャバクラ嬢に高い宝石も用意させたそうだ。

「このお弁当は誰からもらいました？」

氷川がサラリと聞いた途端、沙織の顔が強張った。土肥もロイヤルコペンハーゲンのティーカップを手にしたまま固まっている。

張り詰めた沈黙が流れた。

どこからともなく、きつい夜風の音が聞こえてくる。

凍りついた空気を破ったのは、ほかでもない氷川だ。

「奥さん、このお弁当はアエバ製薬の饗庭社長からもらいましたね。僕は饗庭クリニックのバイトに誘われた時、饗庭社長にしかオーダーできないお弁当をいただきました」

トントン、と氷川は人差し指で弁当箱を突《つつ》いた。

「……な、なんのことだか」

沙織は取り繕おうとするが今さらだ。傍《かたわ》らの土肥にしても、血の気を失っている。さしあたって、土肥と饗庭社長が結託していることは確かだ。よくよく考えてみれば、岡田ひとりでクレームの隠蔽は無理だろう。

「奥さん、岡田さんが心配されていました。世間知らずの奥さんだから土肥さんや饗庭社長に騙され、いいように利用されてしまう、と……」

沙織は典型的な深窓育ちの令嬢だ。氷川の担当患者には生まれて以来、一度も電車の切符を買ったことがない令嬢がいる。同じ厚生労働省のキャリア官僚の妻だった小枝《こえだ》にしても、世間知らずの極致だ。

「なんのことだか、わかりません。どこにでもあるお弁当ですわよ。何かお疑いがあれば、料亭に確かめてみてください」

沙織は思いだしたかのように、料亭の名刺をテーブルに置いた。彼女にとっても馴染《なじ》みの料亭のようだ。

「饗庭社長の息のかかった料亭に確認するだけ無駄です。奥さん、僕は厚生労働省に信頼できる諏訪広睦という先輩がいます。岡田さんの最期のメッセージを託してみましょう」

氷川が諏訪の存在に言及すると、土肥の腕が小刻みに震えた。おそらく、土肥も容赦ない正義の味方を知っている。

「主人の恥になるからやめてください……恥です……大恥です……」

「恥ではありません。最期のメッセージには奥さんへの愛が詰まっています」

氷川が帰るためにソファから立ち上がった瞬間、天使の彫刻の向こう側にあるドアが静かに開いた。

ドサッ、と氷川の目の前に後ろ手に縛られた青年が転がされる。

一瞬、自分の目を疑った。

が、見間違えたわけではない。

間違いなく、見覚えのある男だ。底の知れない男が、ペルシャ絨毯《じゅうたん》の上で無様にも失神している。

「……え？」

兼世《けんせい》くん、と口が勝手に言いかけたが、すんでのところで止まった。彼は看護師として明和病院で働いている。

どうしてここに兼世くんがいるの、と考える間もない。何しろ、突然、顔を出した饗庭社長が脅威だ。

「氷川先生、困りましたな」

饗庭社長はいつもと同じ態度だが、目の鋭さが違った。恰幅《かっぷく》のいい紳士がどこかの悪の組織の元締めに見える。

「……饗庭社長？　やはり、岡田さんが正しいのですか？」

岡田の最期のメッセージによれば、最初に饗庭社長に籠絡《ろうらく》されたのが上司の土肥だ。この場に土肥と饗庭社長が揃ったことで、どちらの言い分が正しいか判明した。

「岡田さんがいけないのです。いきなり、饗庭クリニックを閉院しろ、と騒ぎだすから」

饗庭社長は意外なくらいあっさりと事実を明かした。土肥は同意するように渋面《じゅうめん》で相槌を打っている。

「ダイエット点滴の腎臓障害だけでなく、覚醒剤まで取り扱っているとなれば、誰でも恐れるでしょう。饗庭社長、まさか、あなたがこんな罪に手を染めているとは思いませんでした」

氷川が糾弾するように言うと、饗庭社長は苦渋に満ちた顔で答えた。

「姪にせがまれて、饗庭クリニックの経営を任せたことが過ちでした。痩《や》せる努力をしない顧客のニーズに応じるため、危険なダイエット点滴を作り、提供していました。挙げ句の果てには、覚醒剤を栄養剤代わりに打つ顧客のニーズに応《こた》えだしたのです」

「いつでもやり直せるチャンスがあった」

「姪が顧客の……いえ、無駄話はやめましょう。知られたからには、氷川先生も協力していただきます」

企業のトップは切り替えが早いのか、何かに追われているのか、饗庭社長は商談に入るような顔で氷川を見つめた。

「……はい？」

「今回の被害を最小限に食いとどめるため、氷川先生が取るべき態度はおわかりですね？」

饗庭社長が鷹揚《おうよう》に手を上げると、奥の部屋からわらわらと人相の悪い男たちが現れた。

一目で暴力団関係者だとわかる男たちだ。

シュッ、とスキンヘッドの大男がジャックナイフを取りだす。頬《ほお》に傷のある男や左目が義眼の男の手にはサバイバルナイフがあった。

氷川はあっという間に囲まれ、短刀の切っ先を突きつけられる。

「センセイ、本物だぜ」

背後に立っている男は、氷川の後頭部に銃口を押しつける。兼世を蹴《け》り飛《と》ばした男の手にも拳銃《けんじゅう》があった。

兼世は意識を失ったまま、ピクリともしない。やり手の麻薬取締官はいったいどんなヘマをやらかしたのだろう。

「氷川先生、何も聞かなかったことにしてください。何も知らないふりをしてくだされば、それですむのです。気が向いたら、私がお願いするクリニックでバイトしてくだされぱいい……お名前を貸してくださるだけでいいのです。わざわざ勤務していただく必要はありません」

饗庭社長は宥めるような口調でたらたらと連ねると、氷川の手に小切手を握らせた。一等地のマンションが買える金額だ。

ツン、と氷川の白い頬のすぐ近くを短刀の切っ先が威嚇《いかく》するように動く。

「センセイ、せっかくいい顔をしているのに傷をつけたくないだろう。饗庭社長の言う通りにしろよ」

短刀を手にしたヤクザが、低い声で氷川の耳元に囁いた。

「ここでセンセイにシャブを打って東京湾に沈めたらどうなると思う？」

「シャブを打った後に明和の屋上から落ちるほうがいいか？」

「シャブ中で『化け物』っていう仇名《あだな》の女の始末を頼まれているんだが、仲良く心中するか？　ひとりじゃ寂しいだろう？」

四方八方、あちこちから凶器を手にした男たちの脅《おど》しが矢継ぎ早に言い放たれる。どれも不名誉な死に方だ。

おそらく、饗庭クリニックに覚醒剤を用意した暴力団だろう。清和が金看板を背負う眞鍋組と関係がないのだろうか。

誰ひとりとして、氷川が眞鍋組の二代目姐として遇されていることを知らないようだ。

「饗庭社長、人の心をお金で買えると思っていますか？」

話し合う相手はアエバ製薬のトップだと、氷川は恰幅のいい紳士をまじまじと見つめた。

「氷川先生の前任の竹中《たけなか》先生……実際には後任者でしたか？　竹中先生はダイエット点滴の成分にも、常連の覚醒剤中毒にも気づかれましたが、口を噤《つぐ》んでくれました。そのうえ、明和の薬を横流ししたとは……驚きです」

竹中がどんな理由で金に困っていたのか、この場で尋ねる必要はない。氷川は意志の強い目で撥《は》ね除《の》けた。

「竹中先生や土肥さんが買収されても、僕は医師としてのプライドをお金で売りません。みくびらないでください」

医師としての魂を売ったら、もう二度と白衣を身に纏《まと》うことができない。氷川には氷川の矜持《きょうじ》がある。清水谷学園大学の医学部にもそういった熱い学風が流れていた。

「氷川先生、ご自分の立場がわかっているのですか？　岡田さんもそうでしたが、頭のいいエリートさんは自分の立場を理解できない……理解しようともしない……」

そんなに死にたいのか、と饗庭社長はヤクザじみた本性を晒した。凶器を手にした暴力団構成員より凄《すご》みがある。

「岡田さんを自殺に見せて殺したんですね」

氷川はチューリップのアレンジメントの前で佇《たたず》む沙織に今さらながらに気づいた。深窓の令嬢がそのまま育ったような女性が、怯《おび》えてもいないし、狼狽《ろうばい》してもいない。

どうして、震えていないのか。

ナイフも拳銃もヤクザも人相の悪い男たちも怖くないのだろうか。

かつて眞鍋組が明和病院に乗り込んできた時、気の強い女性スタッフでさえ、恐怖で震えていたものだ。迫力のある清和やリキを見て、卒倒しかけた女性もいるというのに。

どこがどうとは言えないが、今の沙織は夫に尽くしていた貞淑な妻に見えなかった。それどころか、夫を騙していたしたたかな妻に見える。

あ、僕が間違えた、間違えていたんだ、と氷川は沙織の貞淑そうな顔の下に秘められていた本性に気づいた。

たぶん、沙織は何も知らなかったわけではない。きっと、何か知っていた。ひょっとしたら、すべて知っていたのかもしれない。

「……ま、まさか……奥さんと土肥さんが繋がっていた？　饗庭社長と？」

氷川が掠《かす》れた声で言うと、沙織は頬に手を添えて溜め息を吐いた。

「キャリア官僚っていってもサラリーはたいしたことありません。生活ができなかったの」

いったい沙織はどんな生活を望んでいたのだろう。氷川は贅沢に慣れきった沙織に気づいた。

「……奥さん、あなたも岡田さんを罠《わな》にはめたひとりですか？」

妻の証言があったからこそ、岡田の自殺が確定されたのではないか。妻の言葉があったから、氷川も岡田に対する不信感を募らせた。

「饗庭社長から賄賂をもらって少しは楽になったと思ったのに」

あの人があんなに馬鹿だなんて知らなかった、と沙織は悔しそうに続けた。氷川は三文芝居でも見ているような気分だ。

「岡田さんは奥さんを心の底から愛していました」

「あの人の愛は愛じゃないわ。私をちゃんと愛してくれたのは饗庭社長よ。饗庭社長がいなければ、私はシーズンごとにお洋服や靴を新調できなかったわ。学生時代の鞄《かばん》を持つのはもういやよ」

沙織は媚《こび》を含んだ目で饗庭社長にしなだれかかった。瞬時に淑《しと》やかな美女が金で囲われた愛人に見える。

「……饗庭社長に洋服や靴を買ってもらったんですか？　洋服や鞄がそんなに大切ですか？」

慎《つつ》ましく育った者には、どうしたって沙織の気持ちが理解できない。

「氷川先生、あの人みたいに自殺に見せかけて殺されたくなかったら饗庭社長に協力してちょうだい。あちこちの根回しに協力したら、明和で働かなくてもいいわよ」

沙織は基本的に人としての何かが確実に欠如している。たぶん、生まれや育ちだけではないだろう。

「僕には医師としてのプライドがあります」

「氷川先生に自殺願望があるとは知らなかったわ」

沙織が腹立たしそうに、氷川に向かってクリスタルの天使を投げつけた。

危ない、と氷川は反射的に身体《からだ》を捻《ひね》る。

氷川の頰スレスレで逸《そ》れ、ガシャン、と背後に広がる鏡に当たる。パリンパリンパリン、と鏡が割れた。

「氷川先生、どうして避《よ》けるのよ。鏡が割れたじゃない」

沙織の言い草に氷川は二の句が継げないが、饗庭社長や土肥は慣れているらしく、どちらも戸惑ったりはしない。ただ、饗庭社長が諭すように注意した。

「沙織、喋《しゃべ》りすぎだ」

饗庭社長の注意に沙織は拗《す》ねるが、逆らったりはしない。金を出してくれる男には媚《こ》びるのだ。いや、夫に対しても優しい妻を演じていた。表と裏の顔を巧みに使いわけるタイプかもしれない。

「氷川先生、もう一度、チャンスをあげよう。まだ死にたくないでしょう。私たちに協力してください」

最後通牒《さいごつうちょう》とばかり、饗庭社長は横柄な態度で言い放った。

「お断りします」

「残念です」

饗庭社長が鷹揚に顎《あご》をしゃくると、周りを取り囲んでいた暴力団構成員たちがいっせいに動いた。

「馬鹿な奴《やつ》だ。シャブを打て」

背後にいた男に凄《すさ》まじい力で、氷川は身体を押さえ込まれる。ガバッ、と腕を捲《まく》り上《あ》げられ、注射の針が迫った。

どんなに楽観的に考えても覚醒剤だ。

プツッ、と刺される。

いや、その寸前、氷川は大声で叫んでいた。

「鈴木浩くん、いつまで気絶したふりをしているんですか。名コンビならさっさと僕を助けなさいーっ」

ガラガラガラガラガッシャーン。

氷川の叫び声に呼応して窓ガラスが割れた。

いや、氷川の叫びが合図であったかのように、窓から大型バイクが突進してきた。凄まじい音とともに眞鍋組の特攻隊長が現れる。

「ふざけた真似《まね》しやがってーっ」

ショウは大型バイクから飛び降りると、銃口を向けた男を蹴り飛ばした。大型バイクは優雅な流線型のアーチを描いた壁を破壊する。

一瞬にして、洗練された部屋に瓦礫《がれき》の山ができた。

「氷川先生、痺《しび》れるぜ」

思った通り、兼世はパチリ、と目を開けて不敵に口元を緩める。後ろ手に縛られていたが瞬時に拘束も解いていた。

バシッ、と兼世は氷川に短刀の切っ先を突きつけている男を殴り飛ばす。短刀が吹っ飛び、ソファに突き刺さった。

「……きゃ、きゃーっ」

沙織の甲高い悲鳴。

「……な、な、な?」

土肥がソファからずり落ちる。

饗庭社長はさすがというか、冷静に対処しようとした。スマートフォンでどこかに連絡を入れようとする。

「応援を呼べ」

バタンッ、とドアが物凄い勢いで開いた途端、清和が恐ろしい顔つきで飛び込んできた。背後には眞鍋組最強の腕っ節を誇るリキが続く。

これからはあっという間だ。

ほんの一瞬だ。

氷川が声を上げる間もなく、清和やリキ、ショウや兼世によって凶器を持っていた男たちが倒された。

「……あ、あなたは私を見初《みそ》めて忍び込んだんじゃないの？」

沙織は豹変《ひょうへん》した兼世に狼狽し、床にへたり込んで震えている。しょせん、世間知らずの令嬢だ。

「エルメスのバッグをいくつ持っていても満足できない奥さんのおかげで、女嫌いになれそうです。忍び込んで殴られた甲斐《かい》がありました」

メルシー、と兼世は恭《うやうや》しくフランス宮廷式の礼を取った。完璧《かんぺき》な皮肉だ。

「……な、なんですって？」

「エルメス奥さん、煩《うるさ》いからちょっと眠ってくれ」

兼世は隠し持っていたクロロホルムを沙織にかがせた。土肥はショウによって失神させられている。

大丈夫ですか、と氷川はリキに庇うように上着をかけられた。ガラスや壁の破片ひとつ、氷川には飛んでいない。

「僕は大丈夫」

「姐さん、こちらに」

「待って。清和くんが怖い」

もはや意識があるのは、饗庭社長しかいない。清和は意図的に饗庭社長を残したのだ。

「……どこの誰だね？」

饗庭社長はスマートフォンを手にしたまま、殺気を漲《みなぎ》らせている清和に話しかけた。

「死ぬのはお前だ」

清和の地を這《は》うような声に、氷川の背筋が凍りつく。愛しい男が饗庭社長に対し、怒髪《どはつ》天《てん》を衝《つ》いていることは間違いない。

「どこの誰か知らないが、私を殺しても君に一銭の得にもならない。私と手を組んだほうが得だ」

饗庭社長は交渉に入ろうとしたが、清和の態度はまったく変わらない。

「死ね」

「私は櫛橋《くしはし》組に出資している。櫛橋組長と話し合ってくれないか？」

饗庭社長の口から橘高の弟分の名前が飛びだし、氷川は愕然《がくぜん》とした。氷川を凶器で脅した男たちは櫛橋組の構成員たちなのか。饗庭クリニックに覚醒剤を提供していたのは櫛橋組なのか。櫛橋組の構成員なのに氷川が眞鍋組関係者だと知らなかったのか。

「櫛橋組長と知り合いなら、俺を知っているはずだ」

「櫛橋組長に破門されたヤクザかね？」

饗庭社長が真顔で言った途端、兼世が楽しそうに声を立てて笑った。

「……ここまで、もうここまででいい。楽しいショーだったぜ」

社長サンの負け、と兼世が高らかに言いながら饗庭社長の前に立つ。

「君は沙織目当てでこの家に潜んでいたわけではないな。何者だ？」

「マトリ」

スッ、と兼世は饗庭社長に向かって隠し持っていた小型のレコーダーを見せた。今までのすべてのやりとりを録音していたのだろう。

「……麻薬Gメン？」

饗庭社長は兼世の正体に気づき、派手に上半身を揺らした。予想だにしていなかったのだろう。

「社長サン、今回ばかりは覚悟しろ」

「いくらでも言いなさい。いくらでも出そう」

「俺、金よりも厚生労働省一の美人のバックバージンが欲しい」

ドスッ、と兼世は薄ら笑いを浮かべ、饗庭社長の鳩尾《みぞおち》に膝《ひざ》を入れる。すかさず、首の後ろにも固く握った拳《こぶし》をお見舞いした。

饗庭社長はスマートフォンとともに床に倒れ、ピクリともしない。

サメ、と清和が鷹揚に顎をしゃくると、破壊された壁からサメが影の実動部隊のメンバーを連れて静かに入ってくる。

失神した饗庭社長を運ぼうとした瞬間、氷川は慌てて近寄った。

「……ま、待ちなさい。饗庭社長をどこに連れていくの？」

氷川が青い顔で尋ねると、サメがどこぞの女子高生のように腰をくねらせた。

「姐さん、なんで饗庭社長の心配をするのぅ？」

サメ十八番《おはこ》のオカマ口調に馴染んでいる場合ではない。清和やショウを見る限り、饗庭社長に何をするか、確かめなくてもわかる。

「饗庭社長をコンクリート詰めにしてはいけません」

氷川に饗庭社長を許す気は毛頭ない。

けれど、闇《やみ》に葬りたいとは微塵《みじん》も思っていない。すべての罪を明らかにさせ、それ相応の償いをさせたかった。

多くの被害者のためにも。

「姐さん、いくら二代目でもコンクリート詰めなんて考えていないわ。魚釣りに行くの。演歌が似合う海のお魚さんに頼むわ」

「……さ、魚に頼む？」

氷川が白百合《しらゆり》と称えられる美貌を歪めると、兼世が阿修羅《あしゅら》と化している清和にペコリと頭を下げた。

「眞鍋の二代目、饗庭クリニックがクサいと睨んでいたが、ずっと証拠が摑《つか》めなかった。どこから切り崩せばいいのか、見当もつかなかった。ご協力、感謝する」

兼世は無理やり清和の手を握り、握手をしようとした。

バシッ、と清和はつれなく兼世の握手を拒む。

「マトリ、ふざけるな」

「今回はマジに助かった。姐さんのおかげで饗庭社長の尻尾《しっぽ》が摑めた」

チュッ、と兼世は氷川目がけて投げキッスを送る。

う〜ん、チュウ、と氷川の隣のサメが兼世の投げキッスに応じた。

それも一回や二回ではない。

チュッ、と兼世はライトな投げキッス。

『サメ、どうして眞鍋が出張る。しゃしゃり出るな』

ブチュ〜ッ、とサメは粘着質な投げキッス。

『馬鹿、核弾頭が捕獲されたらアレが殴り込むに決まっているだろ』

『アレを押さえ込め』

『俺にアレを押さえ込むのは無理だ』

『この獲物は始末させねぇぜ。前から狙っていたんだ』

氷川が見る限り、兼世とサメの投げキッスの飛ばし合いは無言の交渉だ。事実、清和の怒気のボルテージが上がる。

「いい加減にしろ」

清和は投げキッスを飛ばす兼世を睨み据えた。

「……あ、眞鍋の二代目、饗庭社長は法にのっとり、裁きを下す。日本海の魚の餌《えさ》にしないでくれ」

兼世はサメから清和に視線を流し、いつになく真面目な声で言った。氷川が望んでいる処理だ。

いや、法治国家において当然の処置だ。

「裁けるのか？」

ふっ、と清和は馬鹿にしたように鼻で笑い飛ばした。賄賂や接待で籠絡される役人を示唆しているのだ。

ソファの下では私欲に塗《まみ》れた土肥が転がっていた。

「麗《うるわ》しの諏訪先輩がいる。上がどんなに揉み消そうとしても、カチコチの聖処女が悪を裁いてくれるさ」

兼世が不敵に口元を緩め、正義の番人のような諏訪を示唆した。彼はどんな誘惑にも靡《なび》かないはずだ。

氷川にしても諏訪の一途なまでに正義を貫く姿は尊敬している。

「あいつひとりで何ができる？」

清和は吐き捨てるように言ったが、兼世は楽しそうにニタリと笑った。

「眞鍋の親分サンでも麗しの諏訪先輩の正義は信じてくれるんだな。ある意味、あのカチ

コチはすげぇ」

兼世に同意を求められるように視線を流され、氷川はコクコクと頷いた。現に再び手に入れた亡き岡田のメッセージは諏訪に託すつもりだった。

「俺を怒らせて楽しいのか？」

清和が威嚇するように距離を詰める。

やめさせてくれ、とサメに横目で縋られたが、氷川は床で転がっていたブルージュの飾り花瓶につまずき、清和を止めることができない。

スッ、と清和は兼世の喉元《のどもと》を指で指した。

凶器は手にしていない。

だが、それがなんらかの命令だとわかる。

抹殺。

十中八九《じっちゅうはっく》、抹殺命令だ。

氷川は血相を変えて清和に抱きつこうとしたが、兼世は呆《あき》れたように手をひらひらさせた。

「眞鍋の親分サン、まず、自分の心配をしろ」

「なんだと？」

「麗《うるわ》しの白百合が眞鍋の親分サンのエッチ事情を心配していたぜ。あまりにも可哀相《かわいそう》で俺は隠せなかった」

兼世が言い終わるや否や、清和から怒気が消えた。

しんと静まり返る。

清和にしろショウにしろサメにしろ影の実動部隊のメンバーにしろ、全員、命のない兵隊のように硬直している。

緊迫した静寂を破ったのは、ほかでもない氷川だ。

「……そ、そうだ、そうだよ、清和くん、どういうことーっ？」

瞬時に兼世のスマートフォンに写っていた清和と美女の姿を思い浮かべる。本来なら、今頃、眞鍋組総本部に乗り込み、真意を確かめているはずだった。

「……おい？」

清和は不可解そうな顔をしたが、氷川は食ってかかった。

「僕が浮気相手になるの？」

むんずっ、と氷川は清和のネクタイを摑み、真っ赤な目で見上げた。こんな時でも愛しさが込み上げる。

だからこそ、辛くてならない。

穏やかに接することができない。

「……待て」

清和の表情は辛《かろ》うじて保たれているが、氷川の剣幕に動揺していることは確かだ。すでに饗庭社長に対する殺気はない。

「Good job!」

サメが小声で呟《つぶや》き、兼世に向かって親指を立てる。

「さすが、姐さん」

ふっ、と兼世は鼻で笑うと、サメのそばに近寄った。背後には眞鍋の頭脳と目されているリキが控えている。

今後、どんな処理をするのか、どこまで表沙汰《おもてざた》にして、どこまで隠すのか、兼世はサメやリキ相手に交渉する。

さして問題もなくスムーズにまとまった。

まとまるどころか、さらにひどくなっているのは日本人形のような内科医と不夜城の覇者だ。

「僕じゃ、夫婦として婚姻届は出せないからね。若くて綺麗な女性となら夫婦として届け出ができるね。涼子《りょうこ》さんなら眞鍋組にとって最高の結婚相手だよね」

ぶんぶんぶんっ、と氷川は感情のままに清和のネクタイを引っ張りまくった。

「……涼子？」

お前は氷川諒一、と清和は氷川のフルネームをポツリと零した。これといって表情は変わらないが、眞鍋の金看板を背負う極道が混乱しているのは確かだ。

「うん、僕は諒一だよ。女装した僕の名前じゃない」

「………………」

そんなことはわかっている、と清和が心の中で言っているような気がした。無表情だが、混乱度が上がっている。

「ずっと清和くんは戻ってこなかった。ずっとずっと涼子さんのマンションに泊まっていたんだね？」

氷川が食い入るような目で見据えると、清和は苦しそうに首を振った。

「……誤解だ」

「何が誤解なの？　涼子さんのマンションで裕也《ゆうや》くんみたいに正義のヒーローごっこをしていたの？」

清和が裕也ぐらいのサイズならば、こんなに動揺しない。雄々しい美丈夫に育ったから狼狽するのだ。

さしあたって、魔女の餌食《えじき》になる裕也より切羽詰まった危機だ。

「違う」

「正義の味方ライダーごっこじゃなくてレッドマンごっこ？　裕也くんは毎日、レッドマンになる修業をしているよ？」

氷川と清和が新米ママと新米パパとして奮闘してから、裕也のやんちゃぶりに加速がつき、典子は以前にもまして振り回されているという。

「……おい」

「裕也くんはレッドマンみたいに山に籠《こ》もって修業したいんだって。清和くんは山に籠もらず、涼子さんのマンションに籠もって修業するの？」

裕也は隙《すき》あらば修業をするために家を飛びだしてしまう。清和も修業のために氷川から旅立ってしまうのか。

「……マトリ」

清和が救いを求めるように、兼世に視線を流した。

「清和くん、何を見ているの。僕を見て」

ぐきっ、と氷川は清和の頭を摑んで自分に向かせる。

「…………」

清和の目が泳ぐ。

氷川の目が追いかけても逃げる。

逃げちゃ駄目、と氷川が凄んでも素早く逃げる。

金魚。

金魚だ。

まるで金魚みたいだ。

縁日で金魚すくいの金魚を必死になって追いかけているような錯覚に陥《おちい》る。眞鍋の昇り龍は縁日の金魚ではないのに。

「金魚ちゃん……じゃない、清和くん、縁日の金魚みたいにちょろちょろ逃げるんじゃない。僕は薄っぺらい紙じゃないから破けないよ」

氷川の言葉でさらに清和の目が泳ぐ。

「…………」

金魚ならばこんなに追いかけたりはしない。

愛しい男の目だから執拗《しつよう》に追いかける。

「さぁ、僕の目を見て」

目を合わせ、ことの真意を確かめたい。ちゃんと目を合わせなければ、真意はわからないだろう。

それなのに、愛しい男は無言で逃げ続け、氷川の目は捉《とら》えることができない。

疚しいことがあるの、疚しいことがあるから僕と目を合わせないの、と氷川は泳ぎ続ける清和の目を追い続けた。

割れた窓からきつい夜風が入ってくる。

一向に清和は視線を合わせようとしないが、氷川は真正面から真剣に睨み据え、怒気を含んだ声で尋ねた。

「さぁ、正直に言いなさい。僕が浮気相手になるの？」

涼子が二代目姐になれば、自動的に氷川が浮気相手だ。氷川は考えることさえしたくない事態である。

「お前はマトリに騙された」

あの野郎、よくもやりやがったな、と清和が心の中で兼世を罵倒《ばとう》していることが氷川にはわかる。

「兼世くん？」

「ああ」

「……兼世くん？　……あれ？　兼世くんは？」

ようやく氷川は周囲の状況を確かめることができた。特撮二枚目俳優のような麻薬取締官はいない。風のように、忽然《こつぜん》と姿を消していた。

同じく、失神していた饗庭社長や土肥、沙織もいない。神出鬼没のサメも影の実動部隊のメンバーもいなかった。

苦しそうに残っているのは、眞鍋組の特攻隊長であるショウと右腕のリキのみ。

ヒュルルルル〜ッ。

木っ端微塵《こっぱみじん》に割れた窓から、春の夜風が吹き込んだ。日中は暖かいが、夜はまだまだ肌寒い。

「帰るぞ」

「……そ、そうだね。金魚ちゃん……じゃない、清和くん、帰ってから」

氷川は清和に抱きかかえられるようにして、修羅場と化した部屋を出た。あまりにもいろいろとありすぎて精神が擦り切れている。

それでも、大切な男に対する愛は揺らがない。

7

いつの間にか、日付が変わっていた。

沙織《さおり》の実家を出ても、高級住宅街が広がる小高い丘を下りても、眞鍋《まなべ》組のシマが近づいても、ショウがハンドルを握るベントレーの中は重苦しい空気に包まれていた。何しろ、氷川《ひかわ》は清和《せいわ》のネクタイを摑《つか》んだまま、ずっと責め続けているからだ。

「金魚ちゃん……じゃない、清和くん、ふたりで住んでいる部屋に帰るんだね？」

氷川が涙で掠《かす》れた声で問うと、清和は渋面《じゅうめん》で答えた。

「ああ」

「金魚ちゃんは涼子《りょうこ》さんのマンションの水槽に……じゃなくて、清和くんは涼子さんのマンションに帰らなくてもいいんだね？」

涼子のマンション、に氷川の凄《すさ》まじい嫉妬《しっと》が込められる。

「ああ」

「涼子さんに連絡を入れたの？」

「……いや」

不夜城の覇者はなす術《すべ》もなく、怖いもの知らずの鉄砲玉も運転席で震えている。助手席のリキはいつもと同じように無視を決め込んでいた。

「清和くん、僕のところに帰ってこないで何をしていたの？」

何度聞いても、清和の答えは同じだ。

「仕事」

単なる仕事でないことは、嘘《うそ》がつけないショウからなんとなく伝わってくる。清和の仏《ぶっ》頂面《ちょうづら》は変わらないが、何か隠していることは間違いない。

「どんなお仕事？」

「組のことには……」

組のことには関《かか》わるな、と耳にタコができるセリフを氷川は荒い語気で遮った。

「組のこと？　涼子さんのマンションに泊まるのが組のこと？　眞鍋組の組長のお仕事は若い美女のマンションに連泊すること？」

グイグイグイ、と氷川は清和のアルマーニのネクタイを闇雲《やみくも》に引っ張った。

「誤解だ」

「じゃあ、どういうこと？　どんなお仕事で涼子さんのマンションに泊まり続けたの？」

「……組の仕事だ」

「清和くん……じゃなくて、ショウくん、清和くんはいったいどんなお仕事をしていたの？　パンツを脱がせてもらう仕事？」

埒《らち》が明かないとばかりに、氷川はハンドルを握っているショウに照準を定めた。やはり、狙《ねら》うならば単純単細胞の形容がしっくり馴染《なじ》む鉄砲玉だ。

その瞬間、運転席から地球外生命体の断末魔の叫びが聞こえてくる。キキーッ、という耳障《みみざわ》りな急なブレーキ音とともに。

「……あ、あ、あ、あ、あ、姐《あね》さん、着きました」

ショウが運転する車は清和が所有している眞鍋第三ビルではなく、名取《なとり》グループが経営している高級ホテルの車寄せに進んだ。

深夜にも拘《かかわ》らず、ブラックタイのスタッフが後部座席のドアを開ける。

「ショウくん？　違うよ？」

氷川は怪訝《けげん》な顔で指摘したが、ショウは切羽詰まった顔で捲《まく》し立《た》てた。

「到着しましたっ。お疲れ様でしたーっ」

さっさと出やがれーっ、とショウは己が命を捧《ささ》げた眞鍋の昇《のぼ》り龍《りゅう》に怒鳴った。俺を巻き込むなと、哺乳類《ほにゅうるい》とは思えないような表情が語っている。

リキは鉄仮面を被《かぶ》ったままだが、清和はしかめっ面で後部座席から降りた。

「姐さん、二代目とごゆっくりっ……ごゆっくりーっ……」

ショウに急《せ》きたてられるように、氷川は車内から追いだされる。あっという間に、眞鍋組の韋駄天《いだてん》がハンドルを握る車は車寄せから走り去った。まるで逃げるように。

いや、間違いなく、ショウは逃げたのだ。

「清和くん、ショウくんが逃げだすようなことをしたの？」

氷川は般若《はんにゃ》の如《ごと》き形相《ぎょうそう》で問《と》い質《ただ》そうとしたが、礼儀正しく迎えてくれたブラックタイのスタッフの手前、控える。

フロントで手続きをする必要もなく、氷川は清和とともにＶＩＰ専用フロアのスイートルームに入った。

高い天上から吊《つ》るされた豪華なシャンデリアに、真紅を基調にしたベルギー製の絨《じゅう》毯《たん》、氷川は真上と真下を見つめた。真横の壁にはさりげなく著名な画家の名画が飾られている。家具は白と金のイタリア製だ。

豪華絢爛《ごうかけんらん》なスイートルームは、いやでも祐《たすく》による監禁部屋を連想させた。

「……うわ、監禁部屋みたい」

悪夢が甦《よみがえ》り、氷川の白皙《はくせき》の美貌《びぼう》が引《ひ》き攣《つ》る。

「…………」

氷川は気を取り直すと、清和の手を引いてイタリア製の白い長椅子《ながいす》に腰を下ろした。猫脚の花台に飾られているカサブランカの香りがいい。

「清和くん、さて、どういうこと？」

氷川の詰問に対し、清和はくぐもった声で返した。

「疲れていないのか？」

「涼子さんの件ですべて吹き飛んだ」

氷川の脳裏には、清和と腕を組む美女しかいない。美女を追いだしたくても、追いだせないのだ。

「…………」

「涼子さんのマンションに泊まり続けたの？」

氷川は清和の手を優しく握りしめた。

……つもりだったが、思い切り力を入れていた。知《し》らず識《し》らずのうちに、下肢にも無用な力が入る。

「仕事」

終始、清和の答えは変わらない。納得できない答えしか、くれないのだ。それゆえ、不安で押《お》し潰《つぶ》されそうになる。

「どんな仕事？」

「オジキ……オヤジの兄貴分が涼子の父親だ」

清和の義父《ちち》と兄弟杯を交わした極道が涼子の父親だ。氷川にしてみれば、今さらの話である。

「知っている」

「オジキが可愛《かわい》がっている舎弟が素人《しろうと》相手に面倒を起こした。眞鍋が仲裁することになった。公にはできない仲裁だった」

清和の苦渋に満ちた表情から、問題を引き起こした相手が単なる素人ではないと気づく。おそらく、名を口にするのも憚《はばか》られるような相手なのだろう。

「……それでどうして涼子さんのマンションに泊まるの？」

「仲裁場所だ」

カモフラージュのため、涼子のマンションに宿泊したようだが、氷川としては釈然としない。わざわざ涼子のマンションを選ばなくてもいいではないか。

「眞鍋のビルでよかったでしょう。マンションなら清和くんも持っているはず」

「オジキは素人相手に面倒を起こした舎弟を処分しようとした。涼子が庇《かば》って匿《かくま》った」

籠城《ろうじょう》したからやっかいだった、オジキにドアを開けなかったんだ、と清和が言外に匂《にお》わせている。

「……涼子さんが自分のマンションに舎弟を匿ったから、仲裁場所が涼子さんのマンションになったの？　……で、何泊したの？」

依然として、氷川の綺麗《きれい》な目は据わっている。嫉妬は不安とともに根強く燻《くすぶ》っている。

「俺だけじゃない。祐やリキもいた」

「……本当に？」

「マトリの言うことを真に受けるな」

清和から爆弾を投下した兼世《けんせい》に対する鬱憤《うっぷん》が伝わってきた。もっとも、以前のような殺気は感じない。

眞鍋組と兼世の間で、氷川の知らない何かが、あったのだろうか。

「涼子さんは清和くんを諦《あきら》めていないよね？」

氷川が根本的な問題に言及すると、清和は真摯《しんし》な目で宣言した。

「俺にはお前だけだ」

清和に嘘をついている気配はまったくない。今までと同じように真《ま》っ直《す》ぐな愛を注いでくれている。

それはわかったが。

わかったけれども、言いようのない不安の種は残ったままだ。

「じゃあ、どうしてずっと帰ってこなかったの？」

「……魔女に」

清和の口からポロリ、とスマートな策士の仇名《あだな》が零《こぼ》れた。眞鍋組の構成員だけでなく不夜城の住人やほかの組織の関係者にまで、魔女と恐れられている祐だ。

「……魔女？　祐くんがどうしたの？」

氷川は苦虫を噛《か》み潰《つぶ》したような清和から、帰宅しなかった理由を読み取った。忙しかったのは確からしいが、その気になれば一目なりとも顔を見ることができたのだ。一度も清和がプライベートフロアに立ち寄らなかったのは、端麗な参謀による妨害に違いない。おそらく、プライドをかけて造り上げた監禁部屋から脱出した二代目姐に対する報復だ。

「……ひょっとして、祐くんの意地悪？」

氷川がズバリと指摘すると、清和は憮然《ぶぜん》とした面持ちで黙りこくった。十歳年下の亭主にも年下の亭主なりのメンツがあるのだ。たとえ、姉さん女房の尻《しり》に敷かれていても。

「………」

「ショウくんから清和くんが奴隷みたいに働かされている、って聞いた。僕と一緒に裕也《ゆうや》くんの世話をして、大切なアポをドタキャンしたとか……」

裕也を連れてヒーローショーを観に行った日、本来ならば清和には大切なアポイントメントが何件も入っていたという。あとでショウから聞きだした。

「………」

「清和くんが帰ってこなくて、擦れ違い夫婦みたいになったら、僕が退職する？　そういうシナリオなの？」

結婚したもののお互いに仕事が忙しく、擦れ違いの日々が続き、離婚の結末を迎える夫婦は少なくはない。女性看護師や女医からよく聞くケースだ。離婚を回避しようとしたら、退職するしかない、という苦渋の選択もセットで耳にした。

「…………」

「ううん、祐くんが本気ならもっとえげつないシナリオを書いている。これ、ただ単に僕に対するいやがらせだ」

「…………」

「清和くんに対するいやがらせも入っているかも」

氷川が頬《ほお》をヒクヒクさせて言うと、清和は心当たりがあるらしく、憮然とした面持ちで肯定した。

「……すまない」

「浮気していないならいい」

氷川が安堵《あんど》の息をつき、清和のシャープな頬に唇で触れた。それだけで年下の男の雰囲気が柔らかくなる。

「浮気はしていない」

「僕が浮気相手じゃないね？」

「ああ」

「よかった。僕が浮気相手にならなくて……」

氷川は左右の腕を清和の身体《からだ》に絡ませた。夢でもないし、幻でもない。愛《いと》しい男に触れているのだ。心の中で会っていた清和より何倍も凜々《りり》しい。

「久しぶりだね」

寂しかった、と氷川は愛しい男に会えなかった寂寥《せきりょう》感《かん》を吐露する。

「ああ」

抱きたかった、と清和は心の中でこっそり吐露している。

健康的な若い男だから当然だ。それでも、圧倒的に負担がかかる氷川の身体を思って、自分からは決して求めない。相変わらず、血も涙もないヤクザと罵《ののし》られる男が氷川の前では紳士だ。

「いいよ」

チュッ、と氷川は煽《あお》るように清和の顎先《あごさき》に吸いついた。

「……いいのか？」

清和は躊躇《ためら》っているが、心の中は期待で騒いでいる。氷川は十歳年下の男の耳朶《じだ》を軽く噛んだ。

「うん、久しぶりだ」

「疲れただろう？」

「清和くんに会えたから……」

愛しい男に触れたら、氷川の倦怠感《けんたいかん》はどこかに消え失《う》せる。氷川も清和と同じように単純なのかもしれない。

「危ない真似《まね》はするな」

清和が何を咎《とが》めているのか、氷川にもよくわかるが、GPS付きの携帯電話は持参していた。取り上げられることもなかった。

「まさか、沙織さんが饗庭《あえば》社長や土肥《どい》さんとグルだったなんて……岡田《おかだ》さんが可哀相《かわいそう》だ……」

氷川にしても想定外の出来事だった。

けれど、清和や兼世は前々から真実を摑んでいたのかもしれない。兼世の真の狙いがどこであったか、今になってやっと気づいた。

「二度とするな」

「僕もびっくりした……あ、饗庭社長が使っていたのは櫛橋《くしはし》組の組員だよね？　僕のことを知らなかった組員？」

眞鍋組と関係のある櫛橋組の構成員ならば、二代目姐の勤務先がどこであるか、知っているのではないだろうか。櫛橋組長の娘が氷川を狙って、幾重もの罠《わな》を張り巡らせたからなおさらだ。

「饗庭社長の裏に櫛橋組がいたことを忘れろ」

一瞬、清和が何を言ったのか理解できず、氷川は不可解そうな顔で聞き返した。

「……何を言っているの？」

「櫛橋組長は饗庭に義理がある」

今回の裏には目を潰れ、と清和は目で伝えてくる。

眞鍋組の二代目組長は、覚醒剤《かくせいざい》に関する櫛橋組の罪を晒《さら》したくないのだ。ひいては、櫛橋組長と兄弟杯を交わしている橋高《きったか》も疑われる。すなわち、清和と眞鍋組に対する疑惑も浮上しかねない。

「……だから？　だから、どうだって言うの？　僕は饗庭社長の罪を見逃したりはしないよ？」

氷川の楚々《そそ》とした美貌が凍りつく。

それ以上に、清和の周りの空気は冷たかった。

「これ以上、首を突っ込むな」

愛しい男が知らない男に見える。

触れ合っているところから、清和の苦渋の選択が伝わってきた。眞鍋組は櫛橋組を守るつもりだ。

「……ま、まさか、清和くん、岡田さんにすべての罪を被せたままにするの？」

このまま何事もなかったかのように、日常に戻れば大事にはならない。すでに岡田は泉《せん》下《か》の人であり、助けることができないし、助けようもない。

死人より生きている人間のほうが大事、とスマートな策士の声も聞こえてきた。生きている人間を助けたほうがメリットが大きい、とも。

「………」

「眞鍋は槢橋に義理がある？　だから、槢橋組を庇うの？」

氷川が非難の声を上げると、清和の腕があらぬところに伸びてきた。乱暴な手つきでズボンのベルトを外す。

「……ちょっ、ちょっと待って。まだ話は終わっていない」

いきなり、何をしだすのか。

話を逸《そ》らそうという魂胆は明白だ。

「抱いていいんだろう」

清和の大きな手が氷川のズボンを摺《ず》り下《お》ろそうとする。

駄目、と氷川は真っ赤な顔で清和の手を止めた。

「話が終わってから」

氷川と清和の力の差は比べるまでもない。内科医の白い手に摑まれても、眞鍋の昇り龍にとって、白い蝶《ちょう》に留まられたのに等しい。

「無用」

清和は圧倒的な力で氷川のズボンを引き摺り下ろした。

もっとも、イタリア製の長椅子に座っているので、ズボンは下着とともに氷川の太ももで引っかかっている。

「……ちょっと待って」

ポカポカポカポカ、と氷川は真っ赤な顔で清和の逞《たくま》しい肩を叩《たた》いた。なんのダメージも与えられないが。

「清和くんと眞鍋は岡田さんのメッセージを握り潰すの？　僕が受け取った岡田さんのメッセージはどうしたの？」

氷川は今さらながらに岡田からの最期《さいご》のメッセージの行方を思いだした。サメか兼世、どちらかが手に入れているはずだ。

「…………」

「兼世くんは……あ、兼世くんだったら裏取引に応じるかもしれない。お金じゃなくて、覚醒剤ルートの究明で……」

兼世は諏訪《すわ》のように潔癖ではない。よくも悪くも緩く、それだけに何事にも柔軟に対処できるのだ。

「…………」

清和から裏取引を読み取り、氷川は長い睫毛《まつげ》に縁取られた目を大きく揺らした。

「そうなの？　僕の知らないところで兼世くんと眞鍋は取引をしたの？」

「…………」

「駄目だ、絶対に駄目だ。僕は目をつぶることができない。沙織さんも土肥さんも饗庭社長もちゃんと罪を償わせる」

櫛橋組との関係は知っているが、それとこれとは話がべつだ。氷川は真相を闇に葬る気は毛頭ない。自身が関係しているからなおさらだ。

「黙ってくれ」

ガバッ、と氷川は長椅子に押し倒される。伸《の》しかかってくる男から凄絶《せいぜつ》な哀愁を感じるが、氷川の正義の火は消えたりはしない。

「医者は医者のミスを庇うし、病院は病院のミスを揉《も》み消《け》す。でも、覚醒剤となれば話はべつだ。たとえ、医療業界全体の信用が落ちても公表するべき……」

「黙れ」

清和の長い手足に押さえ込まれ、氷川は身動きが取れない。白いシャツやズボンも奪い取られる。

まるで、清和は宿敵に挑んでいるかの如《ごと》く。

氷川は愛しい男の宿敵になったような気がした。

「……や……やっ……清和くん……」

キリリッ、と薄い胸の突起を嚙まれ、氷川のなめらかな肌になんとも形容しがたい快感が走る。

こんなことで感じてしまう自分が恨めしい。

「頼むから」

「……ちょっ、ちょっと……や……」

このままだと愛しい男に与えられる快感の渦に巻き込まれる。なんとしてでも、踏み留まり、清和を説得しなければならない。

だが、一度、火がついた氷川の身体は鎮まらなかった。愛しい男に作り変えられてしまったのだ。

氷川は愛しい男の熱さで我を失った。

8

翌朝、豪華なスイートルームのベッドで目覚めた途端、氷川《ひかわ》の複雑な想《おも》いが混じった怒りが爆発した。

明和《めいわ》病院に復職して以来、初めてなんの予定もない休日だから時間はある。極彩色の昇《のぼ》り龍《りゅう》を刻んだ男を罵《ののし》らずにはいられない。

「清和《せいわ》くん、なんて、なんて、いやらしい……あんな……金魚ちゃんのくせに……金魚ちゃんみたいだったのに……」

ペチペチペチペチッ、と氷川は清和の筋肉が盛り上がった胸を叩《たた》いた。シーツには昨夜《ゆうべ》の激しい情交の名残《なごり》が飛び散っている。

清和の目は開いたが、口は閉じられたままだ。

「……あ、僕は岡田《おかだ》さんの件、忘れていないからね。あんなことで誤魔化されたりしないから」

ばっ、と診察室に現れた岡田が氷川の瞼《まぶた》に浮かぶ。

清和がどうして強引に性行為に持ち込んだのか、氷川には手に取るようにわかる。事実、愛《いと》しい男の愛撫《あいぶ》で氷川は我を失った。

「…………」

「……よ、よくも、僕にあんないやらしいことを……あの可愛《かわい》かった清和くんが……」

岡田が消えると同時に在りし日の清和がふわり、と甦《よみがえ》った。氷川の手を取り、アイスクリームの自動販売機にヨチヨチと歩いていく。

「…………」

「清和くん、諒《りょう》兄ちゃんは岡田さんに命懸けのお願いをされた。僕は見て見ぬふりはできない。諏訪《すわ》先輩にすべて託す」

氷川の膝《ひざ》でアイスクリームを食べる清和が、冷気を放つ諏訪に重なる。溶けかけていた清和のアイスクリームが凍った。氷川の思考回路はむちゃくちゃに作動している。けれども、すべて覚えているのだ。

「…………」

清和が櫛橋《くしはし》組長への義理で揺れていることは間違いない。

「……あのカチコチの諏訪先輩に会う前にこんないやらしいことを……清和くんはAV監督になったの……ううん、僕をAV女優にする気？」

フラッシュバックのように清和に取らされた淫《みだ》らな痴態が甦る。思いだすだけで、羞恥心《しゅうちしん》で爆死しそうだ。

「…………」

「清和くん、何か言って」

きゅっ、と氷川は清和の頰《ほお》を抓《つね》った。何もなかったかのように、涼しい顔をしている清和が、憎たらしくなってくる。

可愛い男にこんな思いを抱くとは……。

「メシ」

清和の第一声に、氷川は目を瞠《みは》った。

「……ご飯？　ああ、そうか、清和くん、お腹《なか》が空いたよね」

愛しい男に空腹を訴えられた瞬間、氷川の複雑怪奇に作動していた思考回路が正常に戻った。

幼い清和は実母に構ってもらえず、いつもお腹を空かせていた。二度と清和にひもじい思いはさせたくない。

ふたりで一緒にシャワーを浴び、情交の跡を流す。

久しぶりに、氷川は清和の髪や身体《からだ》をバスタオルで拭《ふ》き、その手で下着を穿《は》かせた。シャツやズボンも身につけさせる。

「清和くん、いい子だね。お兄ちゃんになったものね」

氷川は満面の笑みを浮かべ、可愛い幼馴染《おさななじ》みの頰を撫《な》でた。ジタバタする裕也《ゆうや》と違って、清和は着せやすいように手足を動かしてくれる。

「…………」

「いい子、いい子、清和くんみたいないい子はいない」

氷川はひとしきり清和を撫でた後、自分の身なりも素早く整えた。何しろ、裸体を晒《さら》しているると可愛い幼馴染みの目が危ない。

「…………」

「裕也くんのお手本のためにもいい子でいてね」

氷川の含みのある言葉に、清和の雪の日を連想させる目が曇った。パウダールームの温度も下がったような気がする。

「…………」

「岡田さんの最期のメッセージは諏訪先輩に送ろう。いいね」

こんなことなら医局に届いた時点でなんらかの手を打てばよかった、と氷川は今さらながらに悔やむ。ひとえに沙織《さおり》の裏の顔に気づかなかった自分の甘さだ。

「…………」

「僕、どんなに反対されても諏訪先輩に言うから」

あの諏訪ならば一言でも告げれば、正義の味方より熱い正義の聖人ヒーローになり、悪を暴いてくれるはずだ。この際、膿《うみ》を出し切ったほうがいい。

氷川が真《ま》っ直《す》ぐな目で清和を見据えた時、曇りガラスの向こう側から祐《たすく》の声が聞こえてきた。

『二代目、よろしいですか？』

「どうした？」

清和が無表情で聞くと、淡々とした祐の声が返ってきた。

『榊橋組長がお見えになっています』

「わかった」

清和は氷川とは視線を合わせずに、素早い動作でパウダールームから出る。氷川も慌てて清和を追って、パウダールームから出た。

いや、出ようとしたが、祐に阻《はば》まれてしまう。

「姐《あね》さんは顔を出さないでください」

ストップ、とばかりに祐が両手を胸まで上げ、パウダールームの出入り口を塞《ふさ》ぐ。背後にはサメがいた。

「どうして？」

氷川が目を吊《つ》り上《あ》げると、祐は嫌みっぽくにっこりと笑った。

「これから二代目は榊橋組長に詫《わ》びねばなりません」

「なんで清和くんが詫びるの？」

「岡田の告発は握《にぎ》り潰《つぶ》すと、マトリと話はついていました。眞鍋《まなべ》は榊橋を守りたいし、榊橋は饗庭《あえば》社長を守りたい。厚生労働省にしても岡田雅治《まさはる》ひとりの罪で終わらせたい。マトリは櫛橋組長から、覚醒剤《かくせいざい》ルートの情報を入手して、根元から叩き潰す。それぞれ利害が一致していたんです」

祐の言葉を肯定するように、サメがさめざめと泣き始めた。せっかくまとめたのに姐さんの意地悪、と。なんのためにマトリに投げキッスをサービスしたと思っているのよ、と。アエバ製薬から美味《おい》しい情報が引きだせそうだったのに、と。厚生労働省にも恩が売れそうだったのに、と。

「僕は許せない」

昨夜《ゆうべ》、清和はどんなに氷川が懇願しても折れなかった。結局、氷川の意向を汲《く》んでくれたのか。

氷川の胸が熱くなるが、今はそんな場合ではない。

「二代目が姐さんに負けて、岡田雅治の告発を公にすると決めました。岡田雅治の告発に櫛橋組の名前は出ていませんでしたが、あの告発を公にしたら誤魔化せない。マトリとも交渉し直し、櫛橋組長に詫びを入れるのです」

祐の秀麗な美貌《びぼう》がキラキラと輝いたが、目は笑っていないし、凄絶《せいぜつ》なドス黒い瘴気《しょうき》を発散させる。

「……だから、櫛橋組長は裁かれて当然だ。どうしてお詫びが必要？」

饗庭クリニックに覚醒剤を流した罪は断じて許されない。氷川が厳しい語気で問うと、祐はわざとらしく肩を竦《すく》めた。

「極道はサツに身内を売ってはいけない。鉄則です」

極道には極道の守るべき仁義がある。それは氷川も知っているけれども、

「これは鉄則に反することにはならない。当然の処置だ」

「姐さん、思いだしてください。姐さんの大事な清和くんは眞鍋組の二代目組長です」

トントントントン、と祐は冷静になるよう促すかのように曇りガラスを叩いた。

言われるまでもなく、氷川の命より大事な男は極道だ。それも昔気質《むかしかたぎ》の極道の薫陶を受けている。櫛橋組長は清和の義父《ちち》の大恩人だ。

氷川にいやな予感が走った。

「……まさか、清和くんに指を切らせたりしないよね？」

ヤクザの謝罪といえば指を切り落とすこと。

どんなに努力しても、一般人には到底、理解できない。それなのに、様変わりした現代でもヤクザの謝罪は綿々と受け継がれている。

「二代目は覚悟され……」

祐の言葉が終わる前に、氷川は物凄《ものすご》い勢いでドライヤーとスプレーを手にした。どちらも、祐ではなく背後にいるサメめがけて噴射する。

「ひでぇっ」

サメがドライヤーとスプレー攻撃で怯《ひる》んだ隙《すき》に、氷川はスマートな策士に体当たりを食らわす。

ドカッ、という音とともにスマートな策士は倒れ込んだ。端麗な美青年は実戦ではてんで役に立たない。

「姐さん、顔を出さないでくれーっ」

氷川は祐の言葉を無視し、清和がいる部屋にひた走った。ミニバーがついている部屋から話し声が聞こえてくる。

部屋の前には、ショウと一目で暴力団構成員だとわかる屈強な男が立っていた。バッジから察するに、櫛橋組の構成員だ。

「……あ、あ、姐さん？」

ショウはよほど驚愕《きょうがく》したらしく、隣の櫛橋組の構成員とともに石化した。もちろん、氷川は猛スピードで飛び込む。

「……清和くん？」

その部屋に一歩足を踏み入れた途端、氷川の心臓が止まった。いや、止まったかと思った。心臓を止めている場合ではない。

愛しい男が短刀を手にしていた。

短刀の切っ先は己の小指だ。

「……や、やめてーっ」

氷川は涙声で叫びつつ、清和に駆《か》け寄《よ》った。

「女は引っ込んでいろっ」

清和は阿修羅《あしゅら》のような面相で氷川を怒鳴りつけた。

かかあ天下に耐える年下亭主の面影は微塵《みじん》もない。氷川が知る可愛い幼馴染みでもない。照れ屋で口下手《くちべた》な恋人でもない。

血も涙もないヤクザだ。多くの死体の山を築いた極道だ。

「僕は女じゃない。昨日もしたから知っているでしょうっ」

氷川が涙をポロポロ零《こぼ》しながら言い返し、清和の手から短刀を奪おうとした。シュッ、と清和は短刀を氷川から引く。

「黙れ」

清和は未《いま》だかつてない怒気を漲《みなぎ》らせ、氷川を撥《は》ねのける。リキ、と清和は傍《かたわ》らに控えていた右腕の名を呼んだ。

ゆらり、とリキが動き、氷川に近づいてくる。眞鍋の虎《とら》に押さえ込まれたら、氷川は手も足も出ない。

「指が必要なら僕が詰める。清和くんは何も悪くないーっ」

氷川は清和の広い胸に顔から飛び込んだ。

眞鍋の昇り龍ならば、氷川を避《よ》けられただろう。だが、避けたら確実にテーブルに顔から激突していた。

咄嗟《とっさ》に清和は姉さん女房を守る亭主に戻る。

「……あ、ヤクザみたいに恐《こわ》い人……あなたが櫛橋組の組長ですね？」

氷川は清和の胸にしがみついたまま、椅子《いす》にどっしりと座っている男に視線を流した。頬や顎《あご》に大きな傷痕《きずあと》があり、猪《いのしし》のように太い首にも縫合の痕があり、どこもかしこもいかつい。いかにもといった典型的なヤクザだ。おそらく、橘高《きったか》の弟分である櫛橋組の組長だろう。

「僕が指を詰めます。僕が清和くんをそそのかしたんです。僕が指を詰めるから清和くんの指は諦《あきら》めてください」

氷川が清和を抱き締めた体勢で捲《まく》し立《た》てると、櫛橋組長はスッ、と椅子から立ち上がった。

凶器が飛びだすのか、と氷川は身構える。

が、櫛橋組長は床に手と膝をついた。

「姐さん、ご挨拶《あいさつ》が遅れたことを詫びます。娘のしでかした不始末、舎弟のしでかした不始末も重ねてお詫びします」

櫛橋組長が頭を下げると、背後で立っていた男たちも同じように土下座で謝罪した。氷川が面食らったのは言うまでもない。

「……え？　櫛橋組長？」

氷川がきょとんとした面持ちで首を傾《かし》げると、櫛橋組長は床に手をついたまま顔を上げた。

「自分の息子……息子と思っておりやす百瀬昭英《ももせあきひで》の命を救っていただき、感謝の言葉もありやせん。あの子がそんな重い病気だったと気づいてやれなかった。ありがとうございました」

やめてくれ、と清和は櫛橋組長の言葉を遮るように口を挟んだ。

しかし、櫛橋組長は謝罪をやめようとはしない。

「櫛橋組長、清和くんに指を詰めるように迫っていたんじゃないんですか？」

「滅相もない。どうやって二代目を止めるか、悩んでいたところですぜ」

助かった、と櫛橋組長はほっと胸を撫《な》で下《お》ろしている。

橘高さんと似ている、と氷川は櫛橋組長から橘高と同じ匂《にお》いを嗅《か》ぎ取《と》った。やはり、悪い男ではない。橘高と同じように熱い血潮が流れた昔ながらの極道だ。

「……とりあえず、お詫びは結構です。やめてください」

氷川は清和から離れず、リキに視線で頼んだが動かない。すると、祐が部屋に入ってきて、櫛橋組長を立たせる。

祐は礼儀正しく一礼した後、櫛橋組長を椅子に座らせた。櫛橋組長の舎弟らしき男たちも立たせる。

氷川も清和と一緒に椅子に座り直し、櫛橋組長と真正面から向き合う。

「櫛橋組長、僕は覚醒剤の存在自体が許せません」

「姐さん、わかっておりやす。自分もシャブは反吐《へど》が出るぐらい嫌いでさぁ。薬屋の看板を掲げているつもりはありやせん」

覚醒剤の売買は莫大《ばくだい》な利益を生むが、極道界では『薬屋』という蔑称《べっしょう》のそしりを受ける。それでも、仁義と義理の渡世が遠くなった昨今、暴力団の稼ぎの大半は覚醒剤を中心とする麻薬だ。表向き、組長が禁じても、裏では麻薬の売買に手を染めている。

「なら、どうして覚醒剤を取り扱うのですか？」

氷川が険しい顔つきで非難すると、櫛橋組長はがっくりと肩を落とした。

「舎弟たちも苦しいようです。面目ない」

櫛橋に殉じるように背後の舎弟たちもいっせいに頭を下げる。櫛橋組が一枚岩ではないのは、愛娘《まなむすめ》の花音《かのん》がしでかした一件でも明確だ。櫛橋組長の命令が絶対ならば、氷川は伊勢《いせ》で櫛橋組の構成員たちに拉致《らち》され、乱暴されかかったりはしなかっただろう。

「今回の一件、櫛橋組の組員さんが勝手にやったことなんですね？」

「自分は若い頃に上納金が納められなくて饗庭社長に助けてもらいやした。その義理で、今回、饗庭社長に若い奴《やつ》らをつけました」

若い奴らが饗庭社長の指示通りに動いたそうです、と櫛橋組長は一連の裏を明かした。どうも、饗庭社長に組員の貸し出しを求められ、応じただけらしい。饗庭社長に対する鬱憤《うっぷん》混《ま》じりの恩が伝わってくる。

「……もしかして、岡田さんを自殺に見せかけて殺したのも櫛橋組の構成員ですか？」

沙織の細腕で岡田をベランダから突き落とすのは難しいはずだ。いくら岡田が睡眠薬で朦朧《もうろう》としていても。

「嫁が岡田雅治に睡眠薬を飲ませて眠らせた後、うちの若い奴らがマンションに入りベランダから落としたそうです」

「僕は奥さんの沙織さんに綺麗《きれい》に騙《だま》されました」

「しょせん、世間知らずの女でさぁ。岡田の上司の土肥と一緒に饗庭社長に手懐《てなず》けられたんだ」

深窓のお嬢さんと勉強一筋のエリートさんはチョロい、と櫛橋組長は清和に同意を求めるように続けた。

清和はしかめっ面で頷《うなず》いている。

「そうだったんですか」

饗庭社長は明和病院のスタッフに評判がいいが、それだけ巧みに接しているのだろう。食い込むのが上手《うま》い、と外科部長が感心していた。

「うちの若い奴ら、眞鍋の姐さんが男の医者だって知ってはいたが、どこで働いている誰か知らなかったらしい。姐さんだと知らずに取り囲んだ。許しておくんなせぇ」

「怒っていません。ただ、饗庭社長と饗庭クリニックの罪は告発します。断じて許せません」

氷川が真摯《しんし》な目で宣言すると、櫛橋組長は感嘆したように大きく頷いた。

「立派な姐さんだ。おかげでふんぎりがつきました。全部、ブチまけておくんなせぇ」

「いいんですね？　清和くんの指を切らせたり、うちの誰かの指を切らせたりしませんね？　眞鍋には清和くんの代わりに指を切りそうな人が何人もいます」

「滅相もありやせん。饗庭社長が逮捕されたら、饗庭社長に顎で使われた兵隊に自首させる。組長である自分の責任も問われたら、自分もお務めを果たしやす」

これでもう饗庭社長から仁義にもとる仕事を押しつけられることはなくなるでしょう、と櫛橋組長は若い頃の義理に縛られていた苦悩を明かした。武闘派で鳴らした極道は金儲《かねもう》けが下手だ。

よかった、と様子を窺《うかが》っていたショウが独り言のようにポツリと零す。オヤジは男だ、と隣に立つ櫛橋組の構成員は目を赤くした。

これで話はついたのか。丸く収まったのか。祐やリキの態度を見れば幕引きだ。が、氷川はまだ幕が引けない。

「櫛橋組長、差しでがましいようですが、僕は昭英くんの命を預かる医師のひとりです。質問させてください」

氷川は一呼吸置いてから、櫛橋組長のプライベートに言及した。

「……昭英くん……小枝《こえだ》さんと力太《りきた》くんはどうするつもりですか？」

櫛橋組長は厚生労働省のキャリア官僚の未亡人に手を出し、赤ん坊を産ませている。氷川は気になって仕方がない。

「姐さん、一番、礼を言いたかったことでさぁ。感謝しやす。姐さんのおかげで小枝が金を受け取ってくれやした」

櫛橋組長の目がじわり、と潤んだ。どうやら、援助を頑《かたく》なに拒む小枝に手を焼いていたようだ。屈強な極道は意外にも涙もろい。

「そうですか」

よかった、と氷川は安堵《あんど》の息をつく。

「小枝が働いて、ふたりの子供を養うなんて無理でさぁ。前は金を受け取ってくれたのに、俺がヤクザだと知った途端、つき返されて……参ったぜ……」

櫛橋組長は寂しそうにしょんぼりしたが、氷川は追い討ちをかけるようにきつい声で言った。

「小枝さんは別れると言っていました。櫛橋組長が独身の一般男性だと思っていたそうです」

騙したのは誰、と氷川はガラス玉のように綺麗な目で睨《にら》む。

「自分が悪い。自分が悪いとわかっておりやす」

「……まぁ、櫛橋組長を見てヤクザだとわからない小枝さんもどうかと思いますが……」

櫛橋組長は眞鍋組の重鎮と同じように、笑っている子供もその存在だけで泣かせるような容貌《ようぼう》だ。たとえ、櫛橋組長がパステル系のシャツとジーンズを身につけても一般人には見えないだろう。

「姐さんもそう思いますか。典子《のりこ》姐さんも同じことを言っておりやした」

「……はい、小枝さんは度を越した世間知らずです。難病患者と赤ん坊を抱えて、生きていけるとは思いません。できる限りのことをしてあげてください」

「わかっておりやす」

「ただ、小枝さんがヤクザを恐れる気持ちは理解してください。力太くんと昭英くんのため、どうしたらいいのか、母親として真剣に悩んでいますから」

小枝が裕也と同じ保育園を選んだ理由は、櫛橋組長の職業だろう。父親がヤクザというだけで、どんなことになるかわからない。

「肝に銘じておりやす。昭英の見舞いに行き、ご挨拶をしたかったのですが、自分のようなヤクザが行ったら迷惑になると考え、控えさせてもらいやした」

「賢明な判断です。櫛橋組長を見た途端、心臓が止まりそうな患者さんがいらっしゃいます。職業を知られたら、昭英くんが可哀相《かわいそう》です」

氷川がぴしゃりと言った瞬間、櫛橋組長は苦しそうにがっくりと肩を落とし、はらはらと涙を零した。

「……花音にも子供の頃から自分のせいでさんざん辛い思いをさせた……が、自分には極道の道しかありやせん。許してもらうしか……」

櫛橋組長に同調するように、清和も真摯な目で相槌《あいづち》を打つ。櫛橋組の構成員から嗚咽《おえつ》が漏れた。

それまで無言だった祐が、初めて口を開いた。

「姐さん、そこまでにしてください」

これ以上、櫛橋組長を追い詰めるな、と祐は暗に語っているのだ。

「祐くん、何をしているんですか。忙しくなりますよ。こんなところでボヤボヤしていないでください」

「丸く収まっていたことを大騒動にしたのは誰ですか」

この核弾頭、と祐が忌々《いまいま》しそうに続けると、櫛橋組長が涙混じりの声で清和に言った。

「うちの娘じゃ、姐さんには敵《かな》わねぇ。うちの奴らが束になってかかっても無理だ。たいしたもんだぜ」

清和のみならず祐やリキ、ショウ、櫛橋組長や櫛橋組構成員など、すべての視線が氷川に注がれた。

当然、氷川は集中砲火を浴びても怯んだりはしない。平然と流して、改めて清和の指が揃《そろ》っていることを確認した。

この先、何が起ころうとも清和に指を詰めさせたりはしない。愛しい男のすべては自分のものだ。自分のすべてが愛しい男のものであるように。

その日のうちに、氷川の手元に返された岡田の最期のメッセージを厚生労働省の諏訪に送った。

予想した通り、諏訪は上の圧力に屈せず、すべての罪を白日の下に晒す。キャリア官僚の土肥と饗庭社長はそれぞれ罪を認めたが、岡田の妻は否認し続けているという。もっとも、言いのがれはできそうにない。

岡田のしたことは決して許されないが、妻に対する愛は本物だった。妻のために賄賂《わいろ》を拒めなかったのだ。

氷川は虚《むな》しくてならない。いや、のんびり虚しさに浸っている場合ではない。

「けんせ……じゃない、鈴木《すずき》くん、もう心残りはないでしょう。退職しなさい」

氷川は事件が解決しても明和病院に看護師として居座っている兼世に神経を尖《とが》らせた。まだ何かあるというのか。

「氷川先生へご恩を返さない限りは辞められない」

「君は嘘《うそ》ばかり」

「嘘じゃない。饗庭社長の厚生労働省への食い込みが上手《うま》くて参っていた」

兼世の本当の目的は、饗庭クリニック、ひいてはその覚醒剤ルートだった。けれど、厚生労働省の官僚に対する饗庭社長の賄賂と接待攻撃の影響が大きく、今まで切り崩せなかったらしい。

「そんなの、諏訪先輩に頼んだら一発でしょう」

「あの要領の悪い美人を左遷《させん》させるわけにはいかねぇ。確かな証拠がないうちは、気づかせないさ」

確固たる証拠を摑《つか》んだから、やっと諏訪に明かせたのだ。兼世の意見にも一理ある。だからといって、ここに居座る必要はない。

「……もうなんでもいい。なんでもいいから、さっさと辞めなさい」

「俺が退職するより、姐さんが退職したほうが喜ぶ」

誰が喜ぶ、と氷川は言いかけた瞬間、自分の目を疑った。黄昏色《たそがれいろ》に染められた廊下を金髪の美青年が歩いてくる。

見覚えのある金髪の美青年だ。

ロシアン・マフィアのイジオット。

白百合《しらゆり》と称《たた》えられた氷川の美貌が凍りつく。傍らにいた麻薬取締官《まやくとりしまりかん》の周りの空気も一変する。

一瞬にしてのどかな夕暮れが冬将軍の冷たい空気に支配された。

内科
外科
鈴木
氷川

あとがき

講談社X文庫様では三十八度目ざます。病院勤務時代の悪夢に未《いま》だ魘《うな》されている樹生《きふ》かなめざます。

ええ、病院ざますの。

こぢんまりとした個人病院ではなく、診療科も病棟も多い総合病院ざます。午前中はトイレに行く間もない戦場ざます。けれど、生理現象には勝てません。ちっこい清和《せいわ》でもないのでおむつもできません。トイレに行く時だけは忍者並みに素早い、とかつての樹生かなめは揶揄《やゆ》されました。

まぁ、いろいろとありました。

本当にいろいろとありました。

てんこもりのメガ盛りにありました。

ことあるごとにあちこちで零していうような気がしますが、想定外のことが日常茶飯事のようにございました。

もちろん、若き日の樹生かなめは医療従事者として的確に対応し……的確に対応したかったのですが、まぁ、いろいろとごにょごにょごにょ……。

ごめんなさい、の一言に尽きます。

今、今、今、今、今になって、今さら、どうしてこんなに後悔が込み上げてくるのでしょう?

この後悔の嵐は歳《とし》のせいでしょうか?

これもそれも歳のせいでしょうか?

いつからか、同年代の友人や知人と会えば、話題の中心は加齢問題ざます。お約束ざます。どんなバリバリも加齢には苦しめられている模様? 加齢による障害は外見だけではなく? 脳内にもダメージ?

樹生かなめとしては『加齢なる云々』ではなく『華麗なる云々』についてお喋《しゃべ》りしたいのに……ああ、こんなオヤジギャグというか、オヤジダジャレを口にしている時点で、加齢による樹生かなめの耄碌《もうろく》?

主人公のフルネームを忘れた時点で、アタクシの敗戦は決まったようなもの? どうして主人公のフルネームを忘れるの? どうして主人公の下の名前が出てこないの?

樹生かなめは進退について真剣に悩みました。

『昔から主人公のフルネームを間違えていたよ』

若き樹生かなめを知る知人からそんなツッコミが。

医療従事者時代、職場と家族に隠れ、こっそりオタク修業に打ち込んでいた頃から誤字脱字の女王ざました。

作家としての己に恐怖を覚えるほど、本作もいろいろとありました。

……が、このヤバいのは昔から？

こんなに頭も腰も壊れていなかった時代からヤバかった？

なんて、昔話に浸っている場合ではありませんが。

昔話に浸る時点で歳の証明ざますが、氷川《ひかわ》が明和《めいわ》病院に復職して、樹生かなめ自身、いろいろとぶりかえしたようざます。

今回のキーワードは『いろいろ』？

氷川と清和が再会した場所は明和病院ざました。アタクシの中にすんなりと降りてきた再会場所です。

そもそも、樹生かなめの第一歩は明和病院と清水谷《しみずたに》学園ざました。

樹生かなめにとっても明和病院がホームグラウンド？　樹生かなめにとって暑苦しい清水谷学園も基本？

あなたのホームグラウンドと基本はなんざますか？

担当様のホームグラウンドと基本は……ではなく、ありがとうございました。深く感謝します。

……で、一生のお願いざます。一生のお願いざますが、一緒に藤堂《とうどう》が賭けをしたロシアに行きませんか？　ロシアの日本料理を食べ歩きましょう……ん、ロシアの芸術に触れましょう。

奈良千春《ならちはる》様のホームグラウンドと基本はなんざますか……ではなく、今回も癖だらけの話に素敵《すてき》な挿絵をありがとうございました。深く感謝します。

……で、一生のお願いざます。一生のお願いざますが、一緒に藤堂が過ごしたロシアに行きませんか？　ロシアの日本料理を食べつくしましょう……ん、ロシアの芸術を堪能しましょう。

読んでくださった方、ロシアより愛をこめて……ではなく、ありがとうございました。

再会できますように。

ロシア旅行同行者募集中の樹生かなめ

『龍《りゅう》の節義《せつぎ》、Dr.《ドクター》の愛念《あいねん》』、いかがでしたか？
樹生《きふ》かなめ先生、イラストの奈良千春《ならちはる》先生への、みなさまのお便りをお待ちしております。

樹生かなめ先生のファンレターのあて先
〒112-8001　東京都文京区音羽2-12-21　講談社　文芸第三出版部「樹生かなめ先生」係

奈良千春先生のファンレターのあて先
〒112-8001　東京都文京区音羽2-12-21　講談社　文芸第三出版部「奈良千春先生」係

N.D.C.913 246p 15cm

樹生かなめ（きふ・かなめ）
血液型は菱型。星座はオリオン座。
自分でもどうしてこんなに迷うのかわからない、方向音痴ざます。自分でもどうしてこんなに壊すのかわからない、機械音痴ざます。自分でもどうしてこんなに音感がないのかわからない、音痴ざます。自慢にもなりませんが、ほかにもいろいろとございます。でも、しぶとく生きています。
樹生かなめオフィシャルサイト・ＲＯＳＥ13
http://homepage3.nifty.com/kaname_kifu/

講談社X文庫

white heart

龍《りゅう》の節義《せつぎ》、Ｄｒ《ドクター》．の愛念《あいねん》

樹生《きふ》かなめ

●

2016年7月4日　第1刷発行

定価はカバーに表示してあります。

発行者——鈴木　哲
発行所——株式会社　講談社
東京都文京区音羽2-12-21 〒112-8001
電話　編集　03-5395-3507
販売　03-5395-5817
業務　03-5395-3615
本文印刷—豊国印刷株式会社
製本——株式会社国宝社
カバー印刷—半七写真印刷工業株式会社
本文データ制作—講談社デジタル製作
デザイン—山口　馨

ISBN978-4-06-286911-9

講談社X文庫ホワイトハート・大好評発売中！

龍の復活、Dr.の咆哮

樹生かなめ
絵／奈良千春

氷川、命を狙われる!? 事故で生死不明とされた恋人である橘高清和に代わり、組長代理として名乗りを上げた氷川は、清和たちを狙った犯人を見つけようとしたものの!?

龍の勇姿、Dr.の不敵

樹生かなめ
絵／奈良千春

清和がついに決断を!? 事故で生死不明とされていた眞鍋組の若き昇り龍・橘高清和は無事に戻ってきたものの、依然、裏切り者の正体は謎だった。が、ついに明らかになる時がきて!?

龍の忍耐、Dr.の奮闘

樹生かなめ
絵／奈良千春

祐、ついに倒れる！ 心労か、それとも!? 眞鍋組の若き昇り龍・橘高清和の恋人は、美貌の内科医・氷川諒一だ。見た目はたおやかな氷川だが、性格は予想不可能で眞鍋組の人間を振り回していて……。

Dr.の傲慢、可哀相な俺

樹生かなめ
絵／奈良千春

残念な男・久保田薫、主役で登場!! 明和病院に医事課医事係主任として勤める久保田薫には、独占欲の強い、秘密の恋人がいる。それは整形外科医の芝貴史で!? 大人気、龍&Dr.シリーズ、スピンオフ！

龍の青嵐、Dr.の嫉妬

樹生かなめ
絵／奈良千春

清和、再び狙われる!? 眞鍋組の若き昇り龍・橘高清和を恋人に持つのは、美貌の内科医・氷川諒一だ。波乱含みの毎日を送る二人だが、ある日、女連れの清和の写真を氷川が見てしまい……。

未来のホワイトハートを創る原稿

大募集！

ホワイトハート新人賞

ホワイトハート新人賞は、プロデビューへの登竜門。既成の枠にとらわれない、あたらしい小説を求めています。ファンタジー、ミステリー、恋愛、SF、コメディなど、どんなジャンルでも大歓迎。あなたの才能を思うぞんぶん発揮してください！

賞金　出版した際の印税

締め切り(年2回)

□上期　毎年3月末日(当日消印有効)

発表　6月アップのBOOK倶楽部「ホワイトハート」サイト上で審査経過と最終候補作品の講評を発表します。

□下期　毎年9月末日(当日消印有効)

発表　12月アップのBOOK倶楽部「ホワイトハート」サイト上で審査経過と最終候補作品の講評を発表します。

応募先　〒112-8001
東京都文京区音羽 2-12-21
講談社 ホワイトハート

募集要項

■内容

ホワイトハートにふさわしい小説であれば、ジャンルは問いません。商業的に未発表作品であるものに限ります。

■資格

年齢・男女・プロ・アマは問いません。

■原稿枚数

ワープロ原稿の規定書式【1枚に40字×40行、縦書きで普通紙に印刷のこと】で85枚～100枚程度。

■応募方法

次の3点を順に重ね、右上を必ずひも、クリップ等で綴じて送ってください。

1. タイトル、住所、氏名、ペンネーム、年齢、職業（在校名、筆歴など）、電話番号、電子メールアドレスを明記した用紙。

2. 1000字程度のあらすじ。

3. 応募原稿（必ず通しナンバーを入れてください）。

ご注意

○ 応募作品は返却いたしません。
○ 選考に関するお問い合わせには応じられません。
○ 受賞作品の出版権、映像化権、その他いっさいの権利は、小社が優先権を持ちます。
○ 応募された方の個人情報は、本賞以外の目的に使用することはありません。

背景は2008年度新人賞受賞作のカバーイラストです。
真名月由美／著　宮川由地／絵『電脳幽戯』
琉架／著　田村美咲／絵『白銀の民』
ぽぺち／著　Laruha（ラルハ）／絵『カンダタ』

ホワイトハート最新刊

龍の節義、Dr.の愛念

樹生かなめ　絵／奈良千春

まさか、僕が浮気相手になるの？　美貌の内科医・氷川諒一の年下の可愛い恋人は、眞鍋組の昇り龍・橘高清和だ。明和病院に復職した氷川の前に、マトリの松原兼世が看護師として現れて!?

聖裔の花嫁

すれ違う恋は政変前夜に

貴嶋　啓　絵／くまの柚子

おまえのような鈍い女は、はじめてだ！　貿易商の父が横領罪で投獄され、メラルは法律家の長のもとで侍女をしていた。だが突然、特権階級である聖裔の屋敷の侍女に任ぜられ、偏屈な男の世話をするハメに!?

ホワイトハート来月の予定（8月3日頃発売）

蔷薇の迷宮　〜秘密のキスをアトリエで〜 ……………… 花衣沙久羅
夢守りの姫巫女　暁の竜は緋色 ……………………… 後藤リウ
戦女神の婚礼 ……………………………………… 沙藤　菫
イブの林檎〜マルム　マルム　エスト〜　欧州妖異譚13 …… 篠原美季

※予定の作家、書名は変更になる場合があります。